W0203347

Nuits Blanches

Lune de sang

Ruth Ames est née et a grandi à New York, où elle vit toujours. Elle a écrit plusieurs romans à succès pour jeunes adultes, publiés sous un pseudonyme. Lorsqu'elle était ado, elle adorait lire des romans d'épouvante et s'imaginait que son immeuble était hanté. Bien que certains membres de sa famille soient originaires de Transylvanie, elle est presque certaine que ce ne sont pas des vampires…

Illustration de couverture : Colonel Moutarde

Ouvrage originellement publié par Scholastic Inc.
– 557 Broadway, New York, NY 10012, États-Unis –
sous le titre : *Poison Apple – This Totally Bites !*

Loi n° 49-956 du 16 juillet 1949 sur les publications destinées à la jeunesse.

ISBN : 978-2-7470-3953-6
Dépôt légal : mai 2013
Première édition
Imprimé en Espagne par Novoprint
Achevé d'imprimer en avril 2013

Ruth Ames

Nuits Blanches

Lune de sang

Traduit de l'anglais (États-Unis)
par Isabelle Allard

bayard poche

Je voudrais remercier AnnMarie Anderson,
Beckie Shapiro, Abigail McAden, Yaffa Jaskoll
et toute l'équipe de Scholastic pour avoir fait
en sorte que ce livre ne morde pas la poussière ;
mes chers amis, pour avoir toléré mon imagination
fantaisiste ; et mon incroyable famille
pour m'avoir raconté des histoires sur les Carpates.

Pour ma grand-mère, Margaret,
avec tout mon amour.

Prologue

Je tourne la tête pour jeter un coup d'œil dans la chambre, sans y entrer.

Mon cœur s'arrête.

Une chauve-souris noire, aux longues ailes gracieuses et luisantes, entre par la fenêtre ouverte et se pose sur le rebord. Elle a les yeux fixés sur les cages. Toutes en même temps, les chauves-souris se réveillent et déploient leurs ailes. Certaines bâillent en dévoilant des crocs pointus.

Et alors…

La chauve-souris sur le rebord de la fenêtre commence à se transformer. Ses ailes disparaissent, remplacées par des bras tout aussi longs et gracieux. Son corps trapu et velu s'allonge pour prendre une forme humaine. Pendant que je la contemple, les yeux écarquillés et le cœur battant, sa petite tête se métamorphose en visage humain. Un visage humain que je connais bien.

–1–

La pièce est glaciale et plongée dans l'obscurité. J'entre sur la pointe des pieds. Le silence semble m'engloutir. Je jette un coup d'œil par-dessus mon épaule, en espérant que personne ne m'a suivie. On dirait bien que je suis seule. J'essuie mes mains moites sur ma jupe en satin et je prends une grande inspiration.

Alors, je les vois.

Venant de toutes les directions, tels de minuscules points lumineux, plusieurs paires de petits yeux rouges, démoniaques, me regardent fixement.

Un frisson d'épouvante me parcourt l'échine, mais je résiste à l'envie de m'enfuir. Je dois aller de l'avant. Je ne peux plus reculer.

Soudain, une voix étrangement familière s'élève dans le noir :

– Emma-Rose ?

Je m'immobilise. Ils connaissent mon nom ?

La voix reprend, avec plus d'insistance :

– Emma-Rose ! Allez, debout, jeune fille !

Quoi ?

Je cligne des yeux. Une autre pièce se matérialise devant moi. Des rideaux violets. Du papier peint noir parsemé de crânes rose vif. Au-dessus d'un bureau en bois, un portrait de ma meilleure amie, Gaby, que j'ai fait au fusain…

Ah ! Je suis dans ma chambre !

Ma mère est penchée sur moi, les sourcils froncés. Mon pouls ralentit à mesure que je reviens à la réalité. C'est ma mère qui m'appelait. Je rêvais. J'ai encore fait cet horrible cauchemar. Une fois de plus.

– Il est sept heures passées, ma chérie. Il ne faudrait pas que tu sois encore en retard au collège, déclare ma mère en regardant mon réveil.

J'ai dû l'éteindre par mégarde durant mon sommeil.

– Je sais, dis-je dans un grognement.

Je m'assieds en repoussant mes cheveux de mon visage.

Depuis que j'ai eu douze ans, en août dernier, j'ai beaucoup de mal à m'endormir. Tous les soirs, je ne cesse de me retourner dans mon lit, des pensées se bousculent dans ma tête, et je ne trouve jamais le sommeil avant l'aube. Ensuite, mes rêves sont hantés par des créatures aux yeux rouges luisants.

En bâillant, je regarde ma mère se diriger vers la fenêtre et tirer les rideaux. J'ai un mouvement de recul avant de constater, soulagée, que c'est une belle journée. Au-dessus de Central Park, le ciel est d'un gris d'orage, un vent d'automne souffle en rafales, et le tonnerre gronde. Je souris. Je suis tout à fait réveillée, maintenant.

Je sais que la plupart des gens — mes parents, Gaby... à peu près tous les gens normaux — préfèrent la chaleur et le soleil. Moi, le temps morne me convient mieux. Je me suis toujours sentie un peu différente des autres.

Sa mission accomplie, ma mère sort de ma chambre.

– Il y a des saucisses et des œufs pour le petit déjeuner ! chantonne-t-elle en partant.

Mon estomac gargouille. L'idée de manger des saucisses (et de marcher sous la pluie) réussit à me tirer du lit. Je me lève, et mon tapis noir à poil long chatouille mes pieds nus. Ma mère et moi nous sommes longtemps disputées au sujet de ce tapis. Elle ne comprenait pas pourquoi je n'en voulais pas un jaune vif. Heureusement, mon père a dit qu'il était important que je laisse ma créativité s'exprimer. Je suis cent pour cent d'accord avec lui. Plus tard, j'aimerais devenir styliste ou décoratrice d'intérieur, ou les deux.

Après avoir pris ma douche, j'enfile l'un de mes ensembles préférés : une robe noire en tricot, des collants violets et de hautes bottes noires. Puis je vais rejoindre mes parents dans la cuisine trop lumineuse. Ma mère prépare le café et mon père mange des céréales en regardant les informations à la télévision. Dehors, huit étages plus bas, Manhattan bouillonne de vie. Le bruit des klaxons des taxis et des autobus s'élève dans les rues.

Ma mère me tend une pleine assiette de saucisses et d'œufs brouillés.

– Oh, Emma-Rose ! soupire-t-elle en observant ma tenue. Tu ne voudrais pas essayer de porter des couleurs claires, un jour ?

Mes parents adorent les couleurs claires. Ce matin, ma mère porte un tailleur-pantalon bleu ciel, et mon père est vêtu d'un T-shirt blanc et d'un pantalon kaki. Mais les différences entre mes parents et moi vont au-delà de nos goûts vestimentaires. Je ne leur ressemble pas du tout. Ma mère est blonde aux yeux gris, mon père a les cheveux châtains et les yeux marron. Ils bronzent tous les deux facilement. Moi, j'ai de longs cheveux noirs, des yeux bleu foncé et une peau blanche qui se colore en joli rouge homard après deux minutes au soleil. Mon amie Gaby se plaît à dire que j'ai été adoptée, et je dois avouer que cette possibilité m'a souvent traversé l'esprit.

– Hum..., fais-je en m'asseyant à côté de mon père à la petite table. Porter des vêtements clairs ? Oui, je le ferai peut-être... quand les poules auront des dents !

– Bonjour à toi aussi, mademoiselle la râleuse ! rétorque mon père en éteignant la télé.

Puis il fronce ses sourcils brun-roux et me réprimande en souriant :

– Sois gentille avec ta mère. Une grosse journée de travail l'attend.

Mon père est caricaturiste ; son bureau est à la maison. Il est donc, en général, le plus décontracté des deux.

Ma mère hoche la tête en versant du café dans son thermos argenté.

– Nous mettons la touche finale à l'exposition « Créatures de la nuit », confirme-t-elle. L'inauguration aura lieu dans deux semaines.

J'ai un frisson d'excitation en attaquant mon petit déjeuner. Ma mère travaille au Musée d'histoire naturelle, situé à quelques pâtés de maison de notre immeuble. Ce musée est célèbre pour ses squelettes de dinosaures, mais il présente également des expositions fascinantes sur des thèmes comme les papillons ou les monstres marins. Ma mère est responsable des expositions temporaires. Mes parents assistent donc à toutes les inaugurations. Cette année, pour la première fois, ma mère m'a autorisée à les accompagner. J'ai tellement hâte !

– Et, bien sûr, notre invitée spéciale arrive cet après-midi, ajoute mon père en se levant pour aller poser son bol dans l'évier.

– Notre invitée ? dis-je, perplexe, en observant mes parents tour à tour.

Au même moment, Bram, notre chien de berger à poil long, fait irruption dans la pièce en aboyant. Comme d'habitude, quand je me penche pour le caresser, il s'éloigne. Je pousse un soupir.

– Tu ne te souviens pas ? me demande ma mère. Ta grand-tante Margot arrive de Roumanie pour nous rendre visite. Elle m'a aidée à monter l'exposition en tant que consultante externe, et elle vient donner un coup de main pour l'inauguration.

C'est vrai. Je me rappelle maintenant avoir entendu parler de Margot, une vieille tante qui vit toujours près de la petite ville d'Europe d'où ma mère est originaire. Mon père est né à New York, comme moi, mais maman est arrivée aux États-Unis avec ses parents alors qu'elle était encore bébé. J'étais très petite quand mes grands-parents maternels sont morts, et je ne sais presque rien de mes origines européennes.

Je m'apprête à demander quel sera le rôle de tante Margot quand la sonnette retentit. Bram se met à japper comme un fou. Mes parents me regardent, et nous devinons de concert :

– Gaby !

Chaque matin, Gaby passe me chercher pour aller au collège. Seulement, elle finit souvent par y aller sans moi, parce que, la plupart du temps, je suis en retard. Gaby, elle, est très ponctuelle.

– Je lui ouvre, annonce ma mère. De toute façon, il est l'heure que j'y aille. À ce soir !

Elle nous embrasse, papa et moi, et sort de la cuisine.

Une seconde plus tard, Gaby apparaît. Ses boucles couleur de miel tombent en cascade sur son cardigan vert. Bram lui saute dessus, plantant ses petites griffes sur son jean et agitant frénétiquement la queue. C'est triste, mais vrai : mon chien me déteste et il adore ma meilleure amie.

– Hé, mon beau !

Gaby le gratte derrière les oreilles.

– Bonjour, monsieur Blanchard, salue-t-elle mon père, qui a commencé à faire la vaisselle.

Puis elle se tourne vers moi, une lueur taquine dans ses yeux noirs :

– J'étais sûre que tu serais prête ce matin, Emma. Il fait un temps comme tu les aimes.

Gaby me connaît bien. On s'est rencontrées à la maternelle. À l'époque, j'étais la seule élève qui voulait rester à l'intérieur pour dessiner pendant la récréation. Un jour, tout naturellement, elle est venue s'asseoir à côté de moi, plutôt que d'aller jouer, et elle s'est mise à dessiner, elle aussi. Pourtant, elle adore courir et faire du sport. Elle avait simplement décidé que j'avais besoin de compagnie. Nous avons dessiné ensemble, et à la fin de la récré nous étions inséparables.

Nous le sommes toujours. Gaby habite à cinq minutes de chez moi. Quand je ne suis pas chez elle, elle est ici. Nous passons des heures à nous mettre du vernis à ongles (noir pour moi, violet pour elle), à télécharger de la musique, à nous échanger des bracelets et à parler, parler, parler. Nous avons d'autres amies, comme Padma Lahiri et Cathy Edgar, avec qui nous mangeons chaque midi. Mais je ne suis pas aussi proche d'elles. Je suis fille unique, et Gaby est comme ma sœur.

– Attends, j'ai presque fini, lui dis-je, la bouche à moitié pleine du reste de ma saucisse.

– Prends le temps d'avaler, Emma-Rose ! lance mon père par-dessus le bruit du robinet.

Gaby secoue la tête.

– Comment peux-tu manger ça ? souffle-t-elle avec dédain.

Gaby est végétarienne. Elle supporte généralement mes envies de hamburgers, tout comme je tolère ses salades. Mais elle est parfois un peu agaçante quand elle se met à vanter les mérites des fèves germées.

– C'est facile, dis-je en prenant mon verre de jus de canneberge. J'ouvre la bouche, j'y mets la nourriture, je mâche… Je peux te donner du tofu si tu veux t'entraîner.

Ma meilleure amie me tire la langue, puis nous éclatons de rire. Mon père nous regarde comme si nous étions cinglées, ce qui nous fait rire encore plus. Quand nous nous calmons enfin, je pose mon assiette dans l'évier et prends mon sac à dos. Nous disons au revoir à mon père et à Bram (qui m'ignore totalement), et nous sortons.

Dans le vieil ascenseur grinçant, Gaby me dévisage, les yeux écarquillés.

– Alors…, chuchote-t-elle. Est-ce que c'est encore arrivé ?

– Le rêve ? Bien sûr.

Rien que d'y repenser, j'en ai froid dans le dos. Gaby est la seule personne à qui j'ai parlé du cauchemar que je fais toutes les nuits. Les portes de l'ascenseur s'ouvrent. Nous traversons l'entrée de l'immeuble.

– J'aimerais comprendre ce que ça signifie, dis-je.

Nous saluons James, le concierge, et nous sortons dans la fraîche bruine d'octobre.

Gaby tapote sa lèvre inférieure d'un air pensif. Ma meilleure amie et son petit frère Carlos sont toujours en train de tout analyser ; leurs deux parents sont psychologues.

– Ce cauchemar symbolise peut-être tes inquiétudes, suppose-t-elle, songeuse.

– Des inquiétudes à quel sujet ?

Je lève la tête pour admirer les gargouilles qui dépassent du haut du bâtiment. Il y en a quatre — quatre visages affreux sculptés dans la pierre et dégoulinants de pluie. Quand j'étais petite, j'imaginais que mon immeuble était une vaste maison hantée pleine de recoins, plantée au beau milieu du quartier Upper West Side. Cette pensée m'amuse toujours, surtout par un temps gris comme celui d'aujourd'hui.

– Le conseil d'études, répond Gaby en ouvrant son parapluie. Tu es nerveuse à cause de ça.

– Je n'ai pas besoin de rêves pour me l'apprendre, dis-je avec un soupir.

J'attrape le bras de Gaby et me blottis contre elle sous son parapluie. Nous nous dirigeons vers le nord le long de Central Park. Les passants se hâtent en direction du métro en buvant du café, leur téléphone portable collé à l'oreille.

– Mais si tu as raison, dis-je, c'est ta faute.

En septembre, Gaby a décrété que nous devions nous inscrire à une activité parascolaire ou nous impliquer dans la vie du collège. Elle prétendait que cela ferait bonne impression sur nos dossiers pour le brevet. Quand je lui ai rappelé que nous n'étions qu'en cinquième, qu'elle suivait déjà des cours de danse et moi des cours de dessin, elle s'est contentée de me jeter un regard sévère qui signifiait : « Fais-moi confiance. »

Voilà comment j'ai atterri au conseil d'études, dont les réunions ont lieu tous les lundis et jeudis après-midi. Jusqu'ici, c'est plutôt ennuyeux. Le seul avantage, c'est que j'y retrouve Gaby, qui n'est plus dans ma classe cette année. Aujourd'hui, heureusement, la réunion concernera Halloween, l'un des rares thèmes qui m'intéressent. Halloween est ma fête préférée. C'est le seul moment de l'année où tout le monde semble aussi fasciné que moi par les trucs sinistres…

– Désolée, Emma ! s'écrie joyeusement Gaby. Mais tu ne peux pas passer ta vie cachée dans ta chambre à dessiner, en évitant le monde extérieur !

Nous traversons la 86e rue et voyons apparaître le collège.

« Pourquoi pas ? » me dis-je avec amertume.

Dessiner est de loin mon activité préférée ! Gaby ne me connaît peut-être pas aussi bien que ça, finalement…

–2–

– Silence ! Silence !

Alexandra Lambert, la présidente du conseil d'études, fait claquer son maillet rose à paillettes sur le bureau.

Oui. Un maillet rose à paillettes. La mère d'Alexandra, qui est juge, l'a fait fabriquer spécialement pour sa précieuse fille. Et Alexandra adore se servir de son maillet.

Bang ! Bang !

– Silence, tout le monde ! crie-t-elle de sa voix haut perchée. Nous avons d'importants problèmes à régler.

Je chuchote à l'oreille de Gaby :

– Premier problème à régler : le maillet rose. Il faut le voler et l'enterrer quelque part.

Gaby met la main sur sa bouche pour cacher son sourire. Il est 15 heures 30. Nous sommes au fond de la salle 101, le quartier général du conseil d'études pour les classes de sixième et de cinquième. Notre collège est divisé en deux niveaux : les sixièmes et les cinquièmes, puis les quatrièmes et les troisièmes. Alexandra est la digne dirigeante de notre groupe et, en tant que présidente, elle a choisi ses meilleurs amis pour la seconder. Beurk !

Alexandra est debout devant le tableau. Elle s'efforce d'obtenir l'attention des quinze autres membres du conseil d'études, qui bavardent, envoient des SMS ou se reposent simplement de ce lundi exténuant. La représentante des professeurs, Mme Grimm, est assise sur le rebord de la fenêtre. Elle lit le journal en jetant des coups d'œil à la pluie diluvienne, comme si elle rêvait de s'échapper. Je la comprends.

Mme Grimm enseigne l'éducation civique. Elle est jeune et jolie, avec des cheveux châtains et une voix douce. Ce matin, en classe, elle nous a donné un travail à rendre à la fin du trimestre : nous devons réaliser notre arbre généalogique. Et, ainsi que mon amie Padma et moi en avons convenu à la fin du cours, elle a même réussi à rendre ce projet intéressant. Cette prof est toujours pleine d'énergie en classe, mais, dès qu'elle arrive au conseil d'études, elle semble épuisée et laisse Alexandra diriger la réunion toute seule.

– On va faire l'appel, annonce Alexandra quand les élèves commencent à se calmer.

Elle bat des cils, rejette ses cheveux blond platine par-dessus son épaule et ajoute :

– Hugo, tu t'en charges ?

Hugo Gilbert, le vice-président, se lève et prend la feuille qu'elle lui tend. Lorsqu'il se tourne vers le groupe, je sens mes joues s'empourprer.

Gaby me sourit d'un air entendu, avant de se pencher pour écrire dans la marge de mon cahier : *Avoue !* Je me mords la lèvre et écris à mon tour, en appuyant fort sur le crayon : *Jamais !*

Ce qu'elle veut que j'avoue, c'est que j'ai le béguin pour Hugo Gilbert. Elle en est persuadée. D'accord, c'est vrai que Hugo est plutôt beau. Il est grand, a des cheveux noirs ondulés et des yeux vert clair qui pétillent de malice. Mais... il est aussi le capitaine de l'équipe de foot et fait partie de la bande d'Alexandra. Je ne tomberai jamais sous le charme d'un garçon de ce genre. Celui que j'aimerai écoutera de la musique punk, portera toujours du noir et collectionnera les araignées. Et peut-être — peut-être seulement — ressemblera-t-il à Hugo Gilbert. Je n'ai pas encore rencontré ce garçon.

Gaby commence à écrire autre chose, mais elle s'interrompt quand Hugo lance :

– Gabrielle Marquez ?

– Oui ! répond-elle.

Gaby admet ouvertement qu'elle trouve Hugo séduisant et intelligent. Mais elle préfère Milo, un garçon de son cours de danse. Elle est convaincue qu'un gars qui a le courage de faire de la danse est forcément super, même si elle ne lui a jamais adressé la parole.

Hugo lève les yeux de sa liste. Il esquisse un petit sourire et demande :

– Blanche Blanchard ?

Je me redresse, énervée. Voilà un autre défaut de Hugo : il trouve très amusant que je porte ce nom de famille tout en ayant la peau aussi blanche. Chaque fois que je le croise dans un couloir, il me fait la même blague. C'est la seconde raison pour laquelle je ne l'aimerai jamais.

– Ici, dis-je, la tête baissée. Et mon prénom, c'est... euh... Emma-Rose.

– S'il te plaît, Hugo, intervient Mme Grimm, contente-toi de lire ce qui est écrit sur ta liste.

Quand l'appel est fini, Alexandra s'approche du tableau et écrit, en faisant cliqueter les breloques de son bracelet : *Fête d'Halloween*. Puis elle ajuste sa ceinture blanche sur sa robe couleur pêche. (Ma mère apprécierait certainement la garde-robe pastel d'Alexandra.)

– Attention, tout le monde ! déclare-t-elle. La date de la fête a été changée à cause de la soirée des quatrièmes et des troisièmes. Notre fête aura donc lieu le vendredi 31 octobre, le jour même d'Halloween. Il nous reste moins de deux semaines pour tout organiser.

Dans la classe, on entend des grognements. Mon cœur se serre. J'échange un regard déçu avec Gaby : l'inauguration au musée est aussi programmée pour ce soir-là ! Avant de partir, j'avais prévu de faire la tournée des bonbons dans mon immeuble avec

Gaby. Nous savons que nous sommes un peu trop grandes, mais cette tradition est si amusante que nous avons du mal à y renoncer.

– Ça veut dire que les quatrièmes et les troisièmes feront leur fête le samedi ? demande Zora Robinson, une fille sympa qui coiffe ses cheveux noirs en petites nattes serrées.

– C'est injuste ! proteste Tim Chang, secrétaire du conseil, meilleur ami de Hugo et capitaine de l'équipe de basket.

– On ne pourra pas faire la tournée d'Halloween ? intervient Ève Epstein, trésorière du conseil, meilleure amie d'Alexandra et mon bourreau personnel en cours de gym.

Alexandra jette un regard dédaigneux à Ève, puis elle réplique d'un ton si glacial que mes cheveux se hérissent sur ma nuque :

– Tu n'es pas sérieuse, Ève ? Ne me dis pas que tu t'amuses encore à aller chercher des bonbons chez tes voisins !

Silence.

– Oh, euh..., bredouille Ève avec un petit rire nerveux. Non, bien sûr que non ! Je blaguais !

Elle tripote son bracelet à breloques, identique à celui d'Alexandra. Le visage empourpré, elle fixe ses ballerines vernies, également identiques à celles d'Alexandra.

Gaby s'empare de mon cahier et écrit : *La princesse Alexandra sait se faire obéir de ses sujets.* Je dessine rapidement un portrait d'Ève, les yeux représentés par des X et la langue pendante. Gaby glousse.

– Mais la fête nc commencera pas avant dix-neuf heures, précise Hugo en enfonçant les mains dans les poches arrière de son jean. Alors, si jamais il y en a qui souhaitent quand même faire la tournée d'Halloween, ils auront le temps de le faire avant.

Il incline la tête en souriant. Je déteste l'admettre, mais il a un beau sourire.

Pcndant qu'il parlait, Alexandra levait les yeux au ciel. Dès qu'il regarde vers elle, elle arbore un sourire hypocrite et lance un autre sujet de discussion : le recyclage des déchets dans le collège.

Gaby écrit de nouveau : *Fiou, on a eu chaud ! À nous, les bonbons !* Je hoche la tête, mais je n'ai pas le cœur à répondre. Je suis heureuse que la tournée d'Halloween ne tombe pas à l'eau, seulement ça ne règle pas mon problème : l'inauguration de ma mère, comme la fête, débutera à dix-neuf heures.

J'avais tellement hâte d'assister à cette inauguration ! J'avais même choisi ce que je porterais : une jupe courte en satin noir avec un liseré en tulle, et un chemisier mauve à jabot. Il y aura des petits-fours, un groupe de musique et des célébrités. À la dernière inauguration, ma mère a rencontré le maire et au moins quatre acteurs de cinéma.

Mais je ne peux pas rater la fête de l'école. Gaby, Padma et Cathy veulent à tout prix y assister. Même si je n'aime pas Alexandra et sa bande, j'ai aussi envie d'y aller. Ce sera tellement cool de danser avec mes amis ! J'hésite entre me déguiser en Hermione et porter un costume gothique. À moins que je ne m'habille en une Hermione gothique ?

« Qu'est-ce que je vais faire ? me dis-je en mâchonnant le bout de mon stylo. Aller à l'inauguration ou à la fête ? Je ne peux pas être à deux endroits en même temps. Je vais devoir choisir. »

Une heure plus tard, je rentre chez moi, impatiente de discuter de mon dilemme avec mon père. Je n'ai pas pu en parler à Gaby, parce que sa mère est tout de suite venue la chercher pour l'emmener chez le dentiste. J'espère que mon père sera de bon conseil.

En posant mon parapluie trempé dans l'entrée, j'entends des voix et des rires provenant du salon. D'habitude, à cette heure-ci, mon père est dans son bureau, et ma mère ne rentre pas du travail avant dix-huit heures. J'enlève mon sac à dos, secoue mes cheveux humides et me dirige vers le séjour. Dans le couloir sombre, Bram est endormi sur son gros coussin. Le spectacle qui m'attend dans le salon me coupe le souffle.

Mes parents sont assis sur le canapé en compagnie de la femme la plus étrange que j'aie jamais vue. Elle a la peau ultra blanche, des lèvres rouge rubis et des cheveux d'un noir de jais relevés en un chignon compliqué. À son cou brille un pendentif couleur ébène en forme de papillon, suspendu à un ruban en velours. Son ample robe noire est imprimée de balafres rouge vif. Ses ongles sont longs et couverts d'un vernis carmin. Un trait d'eye-liner agrandit ses yeux et lui donne un air tragique.

Elle se tourne vers moi, et son visage s'éclaire.

– Emma-Rrrrose ! s'écrie-t-elle avec un accent marqué. Comme je suis heurrreuse de te rencontrer !

Elle se lève si gracieusement qu'elle semble flotter au-dessus du sol.

– Hum…, fais-je en questionnant mes parents du regard.

Je voudrais lui demander qui elle est, mais je crains que ça paraisse impoli.

– Approche, ma chérie, dit ma mère. Viens embrasser ta grand-tante Margot.

Je suis si surprise que j'ose à peine bouger. C'est elle, la tante Margot ? Elle ne ressemble pas du tout à sa sœur, ma grand-mère ! Dans mon souvenir, mamie avait les cheveux argentés, des rides et les mêmes yeux pétillants que ma mère. Le visage de Margot est lisse et ses yeux sont bleu foncé, presque marine.

Quand elle s'approche de moi, les bras grands ouverts, je frissonne en me rendant compte d'une chose. Ma grand-tante Margot… me ressemble.

Bien sûr, elle est plus âgée que moi, et plus belle. Mais il y a plus qu'un air de famille. S'en est-elle aperçue, elle aussi ? Je me pose cette question, tandis qu'elle me serre dans ses bras. Elle est étonnamment forte et m'étouffe presque en m'étreignant. Sa joue, pressée contre la mienne, est froide, mais son accolade est chaleureuse. Son parfum embaume la pièce d'une odeur riche et fleurie.

Lorsqu'elle se redresse, mon regard s'arrête sur son pendentif. De près, je constate qu'il ne s'agit pas d'un papillon. Les ailes noires sont longues et courbées…

– Mais… c'est une chauve-souris ! dis-je, étonnée.

Je regrette aussitôt mes paroles. C'est ça, les premiers mots que j'adresse à ma grand-tante ? Ce n'est pas brillant… Je m'empresse d'ajouter d'un ton franc :

– Euh… enfin, c'est joli !

J'observe le minuscule animal serti de pierreries. C'est le genre de bijou que j'aurais pu m'acheter.

Un sourire apparaît sur le visage de tante Margot. Entre ses lèvres rouges, ses dents paraissent très blanches.

– Tou l'aimes, ma petite ? Alorrrs, il faudra que je te montrrre ma collection !

– Oh, vous êtes joaillière ?

J'ai toujours cru que mes talents artistiques me venaient de mon père, mais peut-être les ai-je hérités de ma grand-tante Margot.

– Non, Margot est biologiste, intervient ma mère.

Je suis déçue. Je pensais que Margot avait un travail beaucoup plus prestigieux.

– Elle est très célèbre, poursuit ma mère. C'est la plus grande spécialiste de *Desmodus rotundus* en Roumanie.

Regrettant de ne pas avoir été plus attentive en cours de sciences, je demande :

– Qu'est-ce que c'est ?

– Le vampirrre commun, répond Margot en souriant.

Un nouveau frisson me parcourt le dos. Je bredouille d'une voix tremblante :

– Est-ce que ce sont... ces chauves-souris qui sucent le sang des gens ?

Je me souviens d'en avoir vu dans une émission de la chaîne Découverte, l'année dernière à la période d'Halloween.

– Oui, mais ne t'inquiète pas, me rassure mon père. Celles que Margot a apportées ici sont mortes depuis longtemps.

– Ici ? dis-je en regardant autour de moi. Il y a des chauves-souris dans l'appartement ?

Ça me dégoûte et me fascine en même temps.

– Elles sont dans la chambre d'amis, précise mon père en souriant devant mon expression. Margot est aussi taxidermiste : elle est experte dans l'art d'empailler les animaux morts pour leur donner une apparence vivante.

– Comme au musée ?

Au Musée d'histoire naturelle sont exposés des ours, des loups et des cerfs empaillés. Je les vois depuis l'enfance, mais je les avais toujours envisagés comme des statues ; je n'avais jamais songé qu'ils avaient été vivants.

– Exactement, confirme ma mère. C'est la contribution de Margot à notre exposition. Elle nous confie la plus grande collection de chauves-souris empaillées au monde.

Ah, voilà ce que Margot voulait dire en parlant de sa « collection ». Je sens mon cœur battre à grands coups. La chambre d'amis est juste à côté de la mienne. Peut-être pourrai-je y jeter un coup d'œil plus tard…

Margot lève un sourcil, comme si elle avait lu dans mes pensées. Je détourne le regard. J'imagine le message que je vais envoyer à Gaby : « Ma grand-tante est bizarrc. Encore plus bizarre que moi ! »

– Bon, assez parlé travail ! déclare ma mère en tapant dans ses mains. Qui a faim ?

– Je pensais préparer des hamburgers, dit mon père. Est-ce que ça convient à tout le monde ?

– Je préférerais un hamburger végétarien, répond maman.

Aurait-elle été influencée par Gaby ?

Je m'écrie :

– Moi, je veux un steak bien saignant !

– Comme d'habitude ! rétorque papa en souriant.

– Moi aussi, j'aime les steaks saignants, intervient Margot en posant la main sur son ventre. Ça me ferrra du bien de manger un bon repas. La nourritoure des avions n'est jamais trrrès copieuse !

Nous nous levons et nous dirigeons vers la salle à manger. Quand nous passons devant Bram, il se réveille en sursaut, les oreilles dressées et le dos arqué.

– Il doit avoir entendu le mot « hamburger », glousse mon père.

Il se penche pour caresser le chien, dont l'attitude me semble étrange. Bram fixe Margot en grognant doucement. Puis il ouvre la gueule, lève le museau et lance un hurlement assourdissant. Je ne l'ai jamais entendu — ni aucun autre chien — produire un son pareil. Avant que mon père puisse l'arrêter, il bondit de son coussin et s'éloigne en courant dans le couloir, ses griffes cliquetant sur le parquet.

– Qu'est-ce qui lui prend ? s'exclame mon père.

Bram est parti si vite qu'il a quasiment laissé un nuage de poussière dans son sillage. Interloquée j'observe ma grand-tante :

– Ça alors ! On dirait que Bram vient de trouver quelqu'un qu'il aime encore moins que moi !

– Emma-Rose ! me réprimande ma mère.

Mais Margot se met à rire. Elle me serre la main. Ses doigts sont aussi froids que sa joue, mais, cette fois encore, son contact me réchauffe et me réconforte.

– Tou as raison, ma petite. Les chiens et moi ne sommes pas amis.

– Même chose pour moi !

Nous nous asseyons en riant. Mon père part préparer les hamburgers dans la cuisine. Ma mère inspecte le saladier qui est déjà sur la table.

– Chéri ! lance-t-elle. Quelle vinaigrette as-tu utilisée ?

– La vinaigrette italienne. Pourquoi ?

Maman soupire, prend le plat et le rapporte à la cuisine :

– On ne peut pas servir cette salade ; Margot est allergique à l'ail.

Je me tourne vers ma grand-tante et lâche, envieuse :

– Vraiment ? Je déteste l'ail. Pouah ! Je voudrais bien y être allergique : maman ne pourrait plus m'obliger à en manger !

– L'ail est très bon pour la santé, réplique ma mère depuis la cuisine.

Margot se penche au-dessus de la table et chuchote d'un ton espiègle :

– C'est peut-êtrrre bon pour la santé, mais c'est immangeable !

Je lui souris. Pour la première fois de ma vie, j'ai l'impression qu'un membre de ma famille me comprend. Quelle chance que ma grand-tante soit venue nous rendre visite ! Même si elle est un peu bizarre…

–3–

Le repas est délicieux, les hamburgers cuits à point. Ma tante Margot parle de son village en Roumanie. C'est un petit hameau au nom étrange, niché au cœur du massif des Carpates. La région a l'air magnifique. Margot décrit des forêts luxuriantes, de clairs ruisseaux, d'étroites ruelles pavées et des châteaux anciens.

Pendant qu'elle parle, et que maman se remémore les photographies que lui ont montrées ses parents, je regarde par la fenêtre les silhouettes des édifices de Manhattan. J'aime les grands immeubles et les trottoirs bétonnés de New York, toutefois je me plais à imaginer cet endroit rural et pittoresque… la terre de mes ancêtres. Soudain, je m'aperçois que tante Margot vient de me fournir un excellent point de départ pour mon devoir d'éducation civique.

Tout excitée, j'aide mes parents à faire la vaisselle, puis je me retire dans ma chambre pour le reste de la soirée. Je prends mon ordinateur portable et m'assieds en tailleur sur mon lit.

Je me connecte à Internet et tape le nom du village de ma tante. Bien que je l'aie mal orthographié, le moteur de recherche me trouve plusieurs articles. Je clique et découvre une belle photographie des forêts qu'a évoquées Margot, ainsi qu'une fiche d'informations : population, emplacement géographique, climat. Alors que je parcours rapidement le contenu de la page, une phrase capte mon attention et me laisse bouche bée :

Situé dans une région autrefois appelée « Transylvanie », ce petit village est le berceau de nombreuses légendes mettant en scène des vampires.

Je me redresse, le cœur battant. La Transylvanie ? Celle du comte Dracula ? Je ne savais pas que ma famille venait de là-bas. Curieuse, je poursuis ma lecture, mais un *BIP !* m'annonce l'arrivée d'un e-mail. C'est Gaby : *Mauvaise nouvelle ! Le dentiste dit que j'ai besoin de mettre un appareil !* Toujours préoccupée par la Transylvanie, je m'efforce de prêter attention au problème de mon amie. Dans l'espoir de la faire sourire, je réponds : *Tu dois avoir une dent contre lui !* Elle rétorque aussitôt : *Pas MDR. Tu peux te moquer, Emma : tu as des dents parfaites !*

Je secoue la tête. Même si mon dentiste a récemment affirmé que je n'aurais pas besoin de porter des bagues (j'ai célébré cette bonne nouvelle par un festin de bonbons qui m'a causé trois caries), mes dents sont loin d'être parfaites.

Je me penche pour faire face au miroir au-dessus de ma coiffeuse. J'ouvre la bouche en souriant exagérément. Les voilà : de chaque côté de ma bouche, mes deux dents pointues. On les appelle des « canines », et mon dentiste a signalé que les miennes étaient plus effilées que celles de la plupart des gens. Il a eu la délicatesse de ne pas les appeler par leur nom : des crocs.

Un autre *BIP !* retentit. Je jette un coup d'œil à l'écran de mon ordinateur. *Et tes crocs ne comptent pas !* a écrit Gaby.

Elle semble triste, alors je lui passe un coup de fil. Nous bavardons un moment, de tante Margot (qui est « vraiment bizarre », selon Gaby), du choix entre l'inauguration et la fête (« la fête, sans hésitation », décrète Gaby) et des appareils dentaires (je lui conseille de prendre des bagues colorées ; ça ira bien avec son style). Quand nous raccrochons, il est tard. Je termine le texte d'Edgar Allan Poe que je dois lire pour le cours d'anglais, brosse mes dents imparfaites, enfile mon pyjama et me glisse sous les couvertures.

Mais, bien entendu, je n'arrive pas à m'endormir.

D'abord, je me tourne sur le côté. Puis sur le ventre, et ensuite sur le dos. Les phares des voitures projettent d'étranges ombres au plafond. Les gouttes de pluie qui tombent m'évoquent le tapotement d'un doigt sur une fenêtre. Je pense à Edgar

Allan Poe, à Halloween, à Hugo Gilbert (pas plus d'une seconde), à ma grand-tante Margot et au devoir de généalogie. Puis je me rappelle l'article en ligne que j'ai commencé à lire.

Sans allumer, je me lève et vais à mon bureau. Je m'affale sur ma chaise, ouvre mon ordinateur portable et reprends ma lecture là où je l'avais interrompue.

Situé dans une région autrefois appelée « Transylvanie », ce petit village est le berceau de nombreuses légendes mettant en scène des vampires. L'une d'elles évoque une catégorie de vampires qui prendrait la forme d'une espèce de chauve-souris se nourrissant de sang humain et animal. Autrefois, les villageois les craignaient tant qu'ils suspendaient des gousses d'ail au-dessus de leur porte : on prétendait que l'odeur éloignait ces terribles créatures dotées de crocs.

BANG ! Un grand bruit me fait sursauter. J'en tombe presque de ma chaise. Ce n'était ni un coup de tonnerre, ni l'une des sirènes que j'ai l'habitude d'entendre à toute heure du jour et de la nuit. D'ailleurs, il ne vient pas de l'extérieur, mais de la chambre d'à côté. La chambre d'amis.

Peut-être Margot a-t-elle du mal à dormir, elle aussi ? Peut-être est-elle en train de défaire sa valise ? Nous pourrions manger un morceau au beau milieu de la nuit en discutant des légendes de son village… Je suis curieuse d'en savoir plus. Pour quelqu'un qui adore les histoires effrayantes, je sais peu de chose au sujet des vampires.

Je m'avance dans le couloir sur la pointe des pieds. Une fenêtre est ouverte quelque part dans l'appartement, et je frissonne dans mon pyjama. Quand mes yeux se sont habitués à l'obscurité, je vois Bram, sur son coussin, qui dort profondément. La porte de la chambre de mes parents est fermée. Celle de la chambre d'amis est entrouverte.

Je m'approche le plus silencieusement possible et m'arrête sur le seuil. La pièce, longue et étroite, est plongée dans le noir. Tout au fond, la fenêtre est béante. Une brise humide soulève les rideaux blancs, diaphanes et vaporeux, les faisant valser comme des fantômes. De luxueuses valises sont empilées au centre de la pièce, où flotte le parfum de ma grand-tante. Mais Margot n'est pas là. Le lit est toujours fait et la chambre est déserte. Enfin, presque déserte : il y a des cages remplies de chauves-souris.

« Les chauves-souris empaillées », me dis-je en entrant.

Je retiens mon souffle, impressionnée par ces créatures sombres et silencieuses. Elles sont suspendues aux barreaux des cages, la tête en bas, leurs ailes cuirassées serrées contre leur corps velu et leurs petits yeux fermés.

« Comme si elles dormaient… »

Je tressaille à cette pensée. Margot est encore plus bizarre que ce que je croyais ! Met-elle ses chauves-souris empaillées en position chaque soir ? Est-ce qu'elles sont pour elle comme des poupées ou des animaux de compagnie ? Et où est-elle passée ? Elle ne serait pas sortie par ce temps pluvieux…

« Peut-être est-elle tout simplement dans la cuisine. »

Avant que je fasse demi-tour pour sortir, un éclair traverse la fenêtre et illumine brièvement la cage la plus proche de moi. Je m'arrête, stupéfaite, et constate que sa porte est ouverte. Le vent a dû ouvrir la cage ; ça explique sûrement le bruit que j'ai entendu plus tôt. Je me penche pour la refermer.

Alors, l'une des chauves-souris ouvre les yeux. Ses minuscules yeux rouges.

J'ai soudain les jambes en coton. Je recule en trébuchant. Puis, sans réfléchir, je me précipite dans le couloir, où, haletante, je me blottis contre le mur.

« Calme-toi, Emma-Rose. »

Je songe à ce que la raisonnable Gaby dirait si elle me voyait. « C'est ton imagination débordante qui te joue des tours ! » glousserait-elle. Elle ajouterait sûrement que le clair de lune peut créer des illusions d'optique. Que j'ai encore à l'esprit les histoires de vampires et de chauves-souris que je viens de lire sur Internet. Que je devrais aller me coucher, parce qu'il est impossible que ces chauves-souris soient vivantes.

Mais alors, pourquoi sont-elles dans des cages ?

Il n'en faut pas plus pour piquer ma curiosité. Maintenant, je dois savoir. Le dos toujours appuyé contre le mur, je me glisse vers la porte. Je tourne la tête pour jeter un coup d'œil dans la chambre, sans y entrer.

Mon cœur s'arrête.

Une chauve-souris noire, aux longues ailes gracieuses et luisantes, entre par la fenêtre ouverte et se pose sur le rebord. Elle a les yeux fixés sur les cages. Toutes en même temps, les chauves-souris se réveillent et déploient leurs ailes. Certaines bâillent en dévoilant des crocs pointus.

Et alors…

La chauve-souris sur le rebord de la fenêtre commence à se transformer. Ses ailes disparaissent, remplacées par des bras tout aussi longs et gracieux. Son corps trapu et velu s'allonge pour prendre une forme humaine. Pendant que je la contemple, les yeux écarquillés et le cœur battant, sa petite tête se métamorphose en visage humain. Un visage humain que je connais bien.

Le visage de ma grand-tante Margot.

Je plaque une main sur ma bouche pour m'empêcher de crier. Je voudrais m'enfuir, mais mes jambes refusent de m'obéir.

« S'il vous plaît, faites que ce soit un cauchemar ! Faites que maman m'appelle et que je me réveille dans mon lit ! »

Mais je ne me réveille pas. Je reste là, à trembler de la tête aux pieds, en dévisageant ma grand-tante, qui n'est plus une chauve-souris. Elle est debout devant la fenêtre, imposante, et elle observe les cages. Elle est exactement comme tout à l'heure, vêtue de son ample robe noire et les cheveux coiffés en chignon. Mais, là, son rouge à lèvres foncé me donne l'impression d'être couleur… de sang.

« Qu'est-ce que je fais ? Je crie à l'aide ? Je réveille mes parents ? »

Même si je le voulais, ma gorge est trop sèche pour que je puisse émettre le moindre son.

Margot tourne lentement la tête. Pendant une seconde terrifiante, je songe qu'elle risque de m'apercevoir. Tout à coup, je retrouve ma mobilité. Je pivote sur mes talons et cours vers ma chambre. Je referme la porte en tremblant, puis me jette sur mon lit et me camoufle sous mes couvertures. J'essaie d'empêcher mes dents de claquer.

« Est-ce que j'ai tout imaginé ? Est-ce qu'elle m'a vue ? Est-ce que je suis en train de perdre la boule ? Est-ce qu'elle va frapper à ma porte ? »

Les pensées se bousculent dans ma tête, et mon cœur bat à grands coups. Après m'être pincée — très fort — pour vérifier si je suis bien réveillée, j'attends un long moment. Margot ne vient pas. Je redresse la tête et tends l'oreille. L'appartement est aussi silencieux qu'il l'était avant le bruit fatidique. Pas de voix, pas de battements d'ailes. Seulement les ronflements de mon père.

Que se passe-t-il dans la chambre d'amis ? Est-ce que les autres chauves-souris se transforment aussi en humains ? Est-ce qu'elles s'envolent la nuit ?

Sur mon bureau, l'écran de mon ordinateur est toujours allumé. Cette incroyable péripétie s'est déroulée si vite que mon portable ne s'est même pas encore mis en veille. Je ne dormirai pas beaucoup, cette nuit. Mais je ne trouve pas le courage d'aller relire l'article en ligne. De toute façon, quel intérêt ? Je m'en souviens parfaitement. Des mots me martèlent le cerveau. *Créatures dotées de crocs. Gousses d'ail. Des vampires qui prendraient la forme de chauves-souris.*

Des vampires qui se transforment en chauves-souris… et qui viennent du village de ma grand-tante Margot. Margot, qui est « allergique » à l'ail.

Je ramène mes genoux contre ma poitrine et demeure ainsi, immobile dans le noir, tandis que l'orage gronde. Toute ma vie, j'ai soupçonné que le quotidien dissimulait ses secrets, que la réalité était différente de ce que nous voyons. Aujourd'hui, j'en ai la preuve.

Cette révélation me frappe comme l'éclair. C'est complètement fou, mais d'une évidence que je ne peux pas nier.

Ma grand-tante n'est pas seulement bizarre.

C'est un vampire.

–4–

– Qu'est-ce qui t'arrive, ma chérie ?

Ma chambre est baignée de soleil. Ma mère, penchée au-dessus de mon lit, me regarde avec des yeux inquiets. Je suis couchée sur le dos et je serre mon cahier contre ma poitrine. Hier soir, j'ai commencé à faire des croquis pour me calmer, et j'ai dû m'endormir en dessinant. Mes cheveux sont emmêlés et mouillés de transpiration. J'ai les paupières si lourdes que je peux à peine les soulever. Je comprends pourquoi ma mère se fait du souci. C'est bien pire que mon habituel air grincheux du matin.

« Qu'est-ce que j'ai ? me dis-je. Eh bien, vois-tu, maman, je crois que tante Margot est un vampire, alors nous devrions tous porter des cols roulés. Oh, et tu pourrais mettre de l'ail un peu partout dans l'appartement. »

Mais je suis trop épuisée pour ouvrir la bouche.

– Je ne t'ai jamais vue aussi pâle, constate maman en touchant mon front. Tu couves peut-être une grippe. Tu veux rester à la maison aujourd'hui ?

D'habitude — et surtout en cette journée ensoleillée —, je me serais profondément blottie sous les couvertures en souriant. Là, la suggestion de ma mère me remplit d'épouvante. Pas question que je reste enfermée ici avec des chauves-souris vampires ! Après ce que j'ai vu hier soir, difficile de me sentir en sécurité chez moi !

Il faut que j'avertisse mes parents. J'essaie de décoller la tête de l'oreiller :

– Margot…

Je m'interromps, car j'ai été secouée d'un frisson, rien qu'en prononçant son nom.

– Elle n'est pas ici, me dit maman.

Quel soulagement ! Elle s'est peut-être envolée (vraiment envolée) pour la Roumanie…

– Elle est partie tôt ce matin, pour apporter ses chauves-souris au musée, poursuit ma mère. Je dois l'y rejoindre bientôt, mais je peux partir plus tard si tu veux. Ton père a un travail à rendre aujourd'hui ; il va rester enfermé dans son bureau toute la journée.

Soudain, la panique m'envahit :

– Maman, n'y va pas… Ne va pas au musée !

Ma voix est entrecoupée par l'angoisse :

– Pas à cause de moi, à cause des chauves-souris. Elles sont vivantes. Elles sont dangereuses. En fait, tu devrais même appeler le musée pour les avertir…

Je tente de m'asseoir, et mon cahier glisse sur le plancher. Ma mère s'agenouille pour le ramasser. Elle jette un coup d'œil au croquis que j'ai commencé cette nuit : une femme avec une tête et des ailes de chauve-souris. C'était plus fort que moi : il fallait que je représente ce que j'avais vu. Le fait de dessiner m'aide à comprendre les choses, même celles qui n'ont aucun sens.

– Tu vois ? dis-je d'un ton désespéré en désignant le dessin. Je sais que ça semble dingue, mais je suis allée dans la chambre de Margot cette nuit, et j'ai vu des choses terrifiantes.

Ma mère pose le cahier sur ma table de chevet. Elle jette un coup d'œil au mur couvert de crânes et au livre d'Edgar Allan Poe sur mon bureau, puis elle soupire :

– Emma-Rose, je sais que tu aimes ce qui est macabre. Comme Margot est un peu excentrique, bien sûr, tu t'amuses à inventer des histoires... Le problème, c'est que tu te rends malade, à force de te coucher tard pour dessiner !

Je m'amuse ? Elle n'est pas sérieuse !

– Maman, je ne suis pas malade ! Et je n'invente rien du tout ! Margot est un...

– Je me souviens, quand tu étais petite, me coupe ma mère avec un sourire attendri, tu disais que notre immeuble était hanté. C'était tellement mignon !

Je lève les yeux au ciel. J'aurais dû me douter qu'elle ne me croirait pas. Puis une pensée me traverse l'esprit : ma mère connaît peut-être déjà la vérité sur Margot. Peut-être que mamie la lui a révélée autrefois, et qu'elle réagit ainsi pour garder le secret sur l'identité de sa tante.

Je scrute son visage ; son expression est toujours la même : amusée et un peu inquiète. Pas inquiète à cause d'un sombre secret de famille, non. Juste inquiète de voir sa fille paniquer pour rien.

Elle me prend par les épaules pour m'aider à me recoucher.

« Si elle savait qui est tante Margot, elle ne nous aurait pas exposés à un tel danger, papa et moi, me dis-je. D'ailleurs, pourquoi Margot n'a-t-elle pas essayé de nous mordre, cette nuit ? Est-ce qu'il y a une sorte de code d'honneur qui indique aux vampires qui attaquer ou non ? »

Je suis si absorbée par ces pensées que je ne proteste même pas quand ma mère remonte les couvertures.

– Il faut que tu te reposes, souffle-t-elle. Je vais téléphoner au collège pour les informer que tu es malade. Papa est ici, mais tu peux m'appeler au travail si tu as besoin de quelque chose.

« Non, toi, appelle-moi si les chauves-souris de tante Margot ressuscitent et se mettent à sucer le sang des employés du musée… »

Lorsque ma mère quitte la pièce, je voudrais lui crier que je vais bien. Une partie de moi a envie de marcher avec Gaby jusqu'au collège et de passer une journée ordinaire. Mais il semble que, désormais, rien ne sera plus comme avant. Comment pourrais-je assister à mes cours, ceux d'éducation civique ou de sport par exemple, sans passer mon temps à ressasser des histoires de crocs et de sang ?

Je me lève en titubant et envoie un texto à Gaby pour lui expliquer que je ne suis pas « dans mon assiette ». Si elle vient me voir après le collège, je pourrai lui raconter la vérité.

Je vais dans le couloir et jette un coup d'œil à la chambre d'amis. La scène du crime. Je retiens mon souffle. Les cages sont parties et les valises sont entassées dans un coin. La pièce, claire et ensoleillée, a l'air tout à fait inoffensive. Durant une fraction de seconde, j'en viens à me demander si je n'ai pas rêvé les horreurs de la nuit dernière.

Je rejoins papa dans la cuisine, où il me prépare une tasse de thé. Il semble préoccupé par le travail qu'il doit rendre. Je n'essaie même pas de lui parler de tante Margot. Je suggère juste qu'il serve de l'ail au dîner de ce soir. Il me lance un regard soupçonneux et touche mon front, comme maman. Puis il sort promener le chien, me laissant la télé pour seule compagnie.

Comme d'habitude, c'est l'heure des informations. Je prends une gorgée de thé en regardant distraitement l'écran. Soudain, je sursaute. La journaliste est au coin de la 86e rue et de Central Park Ouest, juste à côté de chez moi. Je vais peut-être voir mon père et Bram en arrière-plan…

– Tôt ce matin, la macabre découverte d'un joggeur a affolé la population du quartier : on a retrouvé les corps sans vie de nombreux écureuils et ratons laveurs dans Central Park, à proximité de la 86ᵉ rue. Les animaux présentaient tous une étrange marque de morsure à deux trous dans le cou, ce qui amène les habitants à se demander si un animal sauvage ne se serait pas échappé du zoo tout proche...

Ma tasse se met à trembler, et du thé brûlant se renverse sur ma main. Je m'en rends à peine compte. Une vieille femme qui habite notre immeuble vient d'apparaître à l'écran.

– Un événement du même genre s'est produit il y a treize ans, déclare-t-elle d'une voix rauque. *À l'époque, le prédateur n'avait pas été attrapé. J'espère qu'ils le trouveront, cette fois.*

Puis la caméra se tourne vers un vendeur de hot-dogs.

– C'est horrible ! gémit-il. *C'est sûrement l'œuvre d'un faucon. Peut-être d'un couguar...*

« Ou d'un vampire... », me dis-je avec un frisson.

De plusieurs vampires, pour être exacte. Des chauves-souris vampires. Je les imagine — une grande nuée noire qui quitte mon appartement, dépasse les gargouilles et plane au-dessus du parc obscur...

– Il est conseillé aux habitants du quartier de rester chez eux à la nuit tombée. Nous vous tiendrons informés des suites de cette affaire.

La télévision enchaîne sur la météo. Je reste là, assise sur le bout de ma chaise, le cœur battant la chamade. Cette coïncidence est plus que troublante. Le lieu, le moment, les morsures… Margot et ses chauves-souris soi-disant empaillées doivent être responsables de ces attaques.

Et pourtant je refuse d'y croire. Oui, je l'ai vue sous la forme d'une chauve-souris, mais je n'arrive pas à me représenter ma grand-tante — avec son sourire engageant et ses étreintes chaleureuses — en train de sucer le sang de bêtes innocentes. Dans ce cas, de quoi d'autre serait-elle capable ? Existe-t-il un moyen de les empêcher, ses amis vampires et elle, de semer la panique dans les rues de New York ? Je dois en apprendre davantage…

Je pose ma tasse. Mes craintes et mes hésitations laissent soudain la place à une grande détermination. Comme je reste à la maison aujourd'hui, je vais pouvoir en profiter pour faire des recherches sur les vampires. Ainsi, je serai mieux informée pour en parler à mes parents ou — gloups ! — me confronter à ma grand-tante.

Quand ils rentrent de leur promenade, mon père va directement dans son bureau, et Bram se roule en boule sur son coussin en me lançant un regard furieux. C'est le moment idéal pour retourner dans ma chambre et me mettre au travail.

D'abord, je ferme les rideaux pour me protéger de la lumière du jour. Puis je m'assieds à mon bureau et allume mon ordinateur. Mon rythme cardiaque s'accélère tandis que je relis l'article que j'ai consulté la veille. Je n'y trouve rien de nouveau ; jc dois essayer autre chose. Je retourne sur le moteur de recherche et tape le nom du village de tante Margot, accompagné du mot « vampires ».

Alors, je pousse un cri de stupeur : il y a presque un million de résultats ! Certains sites ne font que répéter les informations que je connais déjà ; d'autres mentionnent que le comte Dracula lui-même a séjourné dans ce village. Bientôt, j'aperçois une page Web intitulée : *Introduction aux vampires de Transylvanie.* Voilà qui est prometteur ! Je clique.

Des caractères rouges et deux illustrations vieillottes se détachent sur un fond noir. L'une montre un bal somptueux, avec des femmes vêtues de robes élégantes et des hommes en costumes. L'autre représente un homme qui porte une cape noire et exhibe des dents pointues en se penchant sur une femme en pâmoison. Sous les dessins figure la liste suivante :

Caractéristiques des vampires :
Ont une aversion pour le soleil
Vivent la nuit, pratiquent la chasse nocturne
Ont la peau claire et froide au toucher
N'apparaissent ni dans les miroirs ni
sur les photographies
Ne vieillissent pas au-delà d'un certain âge ;
sont immortels
Aiment le sang et la viande saignante

Disposent d'une force surhumaine
Effraient les animaux domestiques, comme les chiens et les chats
Sont capables de se transformer en chauve-souris

Je suis bouleversée. Tous les points de cette liste confirment que tante Margot est bien ce que je pense. Quoique… Je n'ai pas — pas encore — la preuve qu'elle n'apparaît pas dans les miroirs et sur les photographies, ni qu'elle est immortelle. Mais elle a la peau pâle et fraîche. Lorsqu'elle m'a étreinte hier, j'ai bien remarqué qu'elle avait de la force. Bram se méfie d'elle, et elle a demandé un steak saignant pour son hamburger.

« Attends une minute… »

J'interromps ma réflexion, les doigts figés au-dessus du clavier. Une boule glaciale se loge au creux de mon estomac.

Margot aime la viande saignante, a la peau claire et fait peur à Bram. Exactement… comme moi.

La sensation de froid s'étend à tout mon corps. Je prends une grande inspiration pour tenter de recouvrer mon calme. Je lis de nouveau la liste, du début à la fin.

Je connais le sens du mot « aversion ». Il apparaissait dans un texte que nous avons étudié la semaine dernière en cours de français. Cela signifie que l'on n'aime pas quelque chose. Moi, par exemple, je n'aime pas le soleil. « J'ai une aversion pour le soleil », répète une petite voix dans ma tête.

Je retiens mon souffle en passant au deuxième point de la liste.

« Nocturne ». Un autre mot dont le sens ne m'est pas étranger. Cela a évidemment un rapport avec la nuit. La nuit, le moment où je suis bien réveillée, les sens en alerte et l'esprit vif. Comme si j'étais prête à… chasser.

Non.

De petits frémissements remontent le long de mes bras comme des araignées. Qu'est-ce qui m'arrive ? Comment puis-je penser une chose pareille ? Bon, je ne dois pas me laisser distraire… Je suis en train de faire des recherches sur les vampires, sur tante Margot… Cela n'a rien à voir avec moi.

Je me concentre sur la suite du texte, jusqu'à un paragraphe que je lis avidement :

La région des Carpates, historiquement appelée « Transylvanie » — ce qui signifie littéralement « de l'autre côté de la forêt » —, abrite depuis la nuit des temps les grandes dynasties de vampires. Selon la légende, les jeunes garçons et filles de ces familles commencent à présenter les symptômes mentionnés plus haut vers l'âge de douze ans. Leur transformation complète en vampire s'opère peu de temps après. Il semblerait que le vampirisme soit héréditaire, transmis par la mère, et qu'il puisse sauter des générations.

Je fixe l'écran si intensément que mes yeux me brûlent. Le mot « hérédité » aussi figurait dans le texte du cours de français, la semaine dernière. Il désigne ce que les parents transmettent à leurs enfants et leurs petits-enfants… En l'occurrence, il parle du lien entre ma mère et moi.

Et la famille de ma mère. Sa tante Margot, par exemple.

Ce qui veut dire…

Mon pouls s'accélère.

Ma grand-mère n'était certainement pas un vampire puisqu'elle est morte. Les vampires sont immortels. Quant à ma mère, il est impossible qu'elle en soit un : elle aime les hamburgers végétariens et le soleil. Elle dort bien la nuit. Bram l'adore. Et elle est… ma mère.

Non, il n'y a qu'une personne qui pose question.

Ma gorge se serre.

Moi.

Étourdie, je me lève et vais me poster face au miroir. Me voilà, dans mon pyjama chiffonné, mes cheveux noirs négligemment attachés. Mon visage a la pâleur d'un fantôme, et mes yeux marine — semblables à ceux de Margot — sont écarquillés par la terreur.

« Tu te vois dans le miroir », me dis-je pour me rassurer.

Mais j'ouvre la bouche, et ce que j'aperçois, surtout, ce sont mes canines pointues.

« Une autre caractéristique des vampires… »

Je ressemble vraiment à ma tante. J'ai du mal à dormir. J'ai les dents pointues. Je réunis presque tous les traits distinctifs qui figurent sur la liste. Mon cœur bat si fort que j'ai l'impression qu'il va sortir de ma poitrine.

« Est-ce que c'est pour ça que je me suis toujours sentie différente des autres ? »

Je regarde autour de moi. Tout est normal : mon lit défait, mon chevalet sur lequel est posé le dessin de la femme chauve-souris, mes rideaux violets, mon étagère… Mais plus rien ne me paraît normal, à présent.

La nuit dernière, ce que j'ai aperçu dans la chambre de ma grand-tante m'a bouleversée. Mais ce que je viens d'apprendre est encore plus stupéfiant. Jamais, au grand jamais, je n'aurais imaginé une chose pareille avant cela.

–5–

– Je suis un vampire.

Gaby vient d'ouvrir la porte de son appartement. Elle me dévisage, bouche bée. Je répète ma confession, le menton levé pour essayer de réprimer les tremblements de ma voix :

– Je suis un vampire.

Gaby m'observe encore un moment, ses yeux bruns écarquillés, puis elle sourit lentement.

– C'est donc ça ! s'écrie-t-elle en sautillant sur place dans ses espadrilles en toile. Un vampire ! Pourquoi n'y avons-nous pas pensé plus tôt ? Tu as le teint idéal ! Tu n'auras qu'à t'étaler du faux sang autour de la bouche et acheter un dentier en plastique. Ce sera le meilleur costume d'Halloween de…

Elle s'interrompt en constatant que je ne ris pas. Et que je ne dis rien. Je reste plantée là, avec mes lunettes de soleil et mon gros sac.

Un peu plus tôt, dans ma chambre, j'ai compris deux choses : que je devais parler à Gaby au plus vite, et que je ne pourrais pas affronter ma grand-tante ce soir — que ferais-je si elle me proposait d'aller chasser avec elle ?

C'était une véritable torture d'attendre toute la journée, mais, dès quatorze heures trente, je suis passée à l'action. J'ai enfilé un jean, des ballerines noires, mon imperméable, puis j'ai rempli mon sac de voyage. Ensuite, j'ai frappé à la porte du bureau de mon père pour lui demander la permission de dormir chez Gaby. Heureusement, il était si occupé qu'il a acquiescé sans poser la moindre question. Il a seulement voulu que je leur téléphone dans la soirée, quand ma mère serait rentrée.

– Emma, tu es malade ? me demande Gaby en me fixant avec la même expression inquiète que mes parents le matin. Tu nous as manqué, à l'école. Tu as la grippe ?

Elle me prend le bras pour me faire entrer chez elle.

Je secoue la tête et retire mes lunettes d'une main tremblante :

– Je suis malade, oui, mais ce n'est pas ce que tu penses…

Elle lève un sourcil :

– Emma, tu me fais peur.

« Et tu n'as encore rien vu ! »

Un cri nous parvient alors du salon. Je pose une main sur ma poitrine, paniquée, m'attendant presque à voir débouler une nuée de chauves-souris.

– Qui est là ? dis-je en jetant un coup d'œil par-dessus l'épaule de Gaby.

– Carlos, évidemment ! répond-elle en levant les yeux au ciel, comme toujours quand elle parle de son petit frère. Lorsque les parents ne sont pas là, il est totalement vissé à sa Wii. Il ne veut même pas me laisser jouer une…

– Je dois te parler. En privé.

– D'accord…, bredouille-t-elle en me regardant comme si j'avais deux têtes.

Nous traversons le salon — Carlos nous ignore totalement — et nous entrons dans la petite chambre vert pomme de Gaby. Elle ferme la porte et enlève l'assiette couverte de rondelles de bananes qui était posée sur son lit — une autre de ses habitudes alimentaires saines et agaçantes. Je pousse un profond soupir et lâche mon gros sac, qui tombe sur le plancher avec un bruit sourd.

– Qu'est-ce que tu as mis là-dedans ? demande Gaby. Un cadavre ?

C'était la chose à ne pas me dire : je fonds aussitôt en larmes.

– Oh, non, Emma ! s'écrie mon amie en me serrant dans ses bras. Qu'est-ce qui se passe ? Raconte-moi. Tu m'inquiètes…

– Si… si je t'inquiète déjà… alors, il vaut mieux que tu n'en saches pas plus, dis-je en hoquetant, le visage blotti contre son épaule.

– Chut…, fait-elle d'un ton apaisant en me conduisant vers son lit. Calme-toi. Peu importe de quoi il s'agit : ça ne doit pas être si grave…

– Tu crois ? Et pourtant c'est pire que grave ! Promets-moi de n'en parler à personne, même pas à Padma ou Cathy.

Padma et Cathy sont gentilles, mais, si elles connaissaient mon terrible secret, je pense qu'elles ne pourraient pas s'empêcher de le raconter à quelqu'un, qui le répéterait et, en deux temps, trois mouvements, tout le collège serait au courant de la nouvelle : *EMMA-ROSE BLANCHARD : ATTENTION À SES CROCS !* Et si Hugo Gilbert l'apprenait ? Mon cœur se serre à cette pensée. Même si je me fiche de son opinion. Complètement.

– C'est promis, souffle Gaby en prenant un paquet de mouchoirs sur sa table de chevet.

Je m'essuie les joues du revers de la main :

– Bon, tu te souviens de ce que je t'ai dit en arrivant ?

Gaby me tend un mouchoir :

– Que tu veux te déguiser en vampire pour Halloween ?

Je secoue la tête et la regarde intensément :

– Je ne veux pas être un vampire, Gaby, je *suis* un vampire. Une suceuse de sang. Tu sais, comme les chauves-souris. Comme dans *Dracula*. Mais en vrai.

« Voilà, je l'ai dit. »

Gaby se mord la lèvre inférieure, puis cale une mèche de ses cheveux derrière son oreille.

– Emma, tu as encore fait un cauchemar ? demande-t-elle d'une voix douce.

De nouveau, je secoue la tête avec véhémence, en tortillant le mouchoir entre mes doigts :

– J'aimerais bien que ce soit ça… Je sais que ça paraît dingue, Gaby, mais…

Je pousse un soupir et essaie de m'expliquer calmement :

– Bon, je vais commencer par le début…

Et je lui raconte tout. Quand j'en arrive au passage où la chauve-souris se métamorphose en tante Margot, Gaby a l'air sceptique. Mais elle ne m'interrompt pas et ne me pose aucune question. Elle continue de m'écouter pendant que je lui parle du journal télévisé et de mes recherches sur Internet.

– Tu vois ? dis-je en guise de conclusion : tout concorde ! Absolument tout !

Gaby garde le silence un moment. Elle m'observe sagement, ses bras bronzés posés sur ses genoux.

– Bon, fait-elle enfin d'une voix sérieuse et déterminée, reprenons tout ça point par point…

Je m'empresse de hocher la tête. Voilà pourquoi je peux compter sur Gaby : elle aborde les choses de façon scientifique, rationnelle, alors que j'ai tendance à m'éparpiller, à m'agiter… Je suis soulagée de la voir se lever pour prendre un carnet et un stylo sur son bureau :

– Gaby ? Est-ce que ça veut dire que… tu me crois ?

– Je sais que tu ne mens pas, Emma, réplique-t-elle en mettant ses jolies lunettes de vue à monture rouge. Tu as peut-être beaucoup d'imagination, mais je ne pense pas que tu en aies autant que ça…

Je lui saute au cou en m'écriant :

– Oh, merci !

Mais je recule aussitôt :

– Tu préfères peut-être que je ne te touche pas. Tu n'as pas peur que je… t'attaque ?

Cette pensée me fait frémir.

– Hum…, murmure Gaby en ouvrant son carnet sur une page vierge. Qu'est-ce que tu en penses, toi ? Est-ce que tu as envie de sang ?

J'essaie d'imaginer la scène : mes dents s'allongent et sortent de ma bouche pour aller s'enfoncer dans le cou de…

« Non, non, non ! »

Cette idée me retourne l'estomac.

– Absolument pas, dis-je d'un ton convaincu. Je n'ai envie du sang de personne, et surtout pas du tien.

– Intéressant, commente Gaby en prenant des notes. Point suivant : te souviens-tu d'avoir un jour pris la forme d'une chauve-souris ?

– Pas que je sache, non.

Je me tapote les bras pour m'assurer qu'ils ne sont pas devenus des ailes luisantes.

– À moins que cela se soit produit la nuit, pendant que je dormais…

– Ça m'étonnerait, décrète Gaby en continuant à écrire. Nous avons souvent dormi ensemble : je pense que, depuis toutes ces années, je l'aurais remarqué.

– Tu as raison.

Je suis peut-être un vampire qui ne suce pas le sang et ne se transforme pas en chauve-souris… Du moins, si ça existe.

– Regarde ça, ajoute Gaby en désignant les photos accrochées sur son mur.

Gaby et moi faisant un pique-nique à Central Park. Moi, souriante, brandissant le trophée que l'on m'a remis lorsque j'ai gagné un concours d'arts plastiques l'année dernière. Gaby, Padma, Cathy, mes parents et moi à mon dernier anniversaire.

– Tu apparais sur les photos, poursuit mon amie. Tu n'es pas assoiffée de sang, tu n'es pas à moitié chauve-souris. Je ne veux pas le vérifier, mais je suis presque certaine que tu n'es pas immortelle non plus.

Elle lève les yeux de ses notes :

– Les faits parlent d'eux-mêmes, Emma : tu n'es pas un vampire.

Je réfléchis à tout ce qu'elle vient de dire. Est-ce qu'elle se trompe ? J'étais si convaincue d'être un vampire ! Mais les certitudes de Gaby semblent encore plus solides. Aurais-je tiré des conclusions hâtives ? Ce ne serait pas la première fois…

– Et mon chien, Bram ? Pourquoi me déteste-t-il ? Et pourquoi j'aime tellement la viande ? Sans compter que j'ai un lien de parenté avec un authentique vampire !

Pendant quc je parle, Gaby griffonne de nouveau dans son carnet, ce qui commence à me taper un peu sur les nerfs. Alors, j'entends la porte de l'appartement qui s'ouvre. M. et Mme Marquez entrent et saluent Carlos. J'espère que Gaby ne montrera pas ses notes à ses parents psychologues… Ils me feraient enfermer dans un établissement spécialisé. Enfin, pas spécialisé pour les vampires : un asile de fous.

Gaby glisse son stylo derrière son oreille et demande :

– Tu te souviens quand tu as eu ton chien ? Nous avions sept ans, et ce n'était qu'un chiot. Tu te rappelles comme tu étais horrible avec lui ? Tu lui criais tout le temps dessus… C'est probablement pour ça qu'il ne t'aime pas…

– Oui, c'est vrai…

Je serre le mouchoir dans mon poing, surprise par le souvenir que Gaby vient d'évoquer. J'avais oublié à quel point j'avais eu du mal à m'habituer à la présence de ce petit chien.

– Pour ce qui est de la viande, poursuit mon amie, tu as peut-être une carence en fer. Alors, tu as besoin d'en manger plus que la plupart des gens. Mais tu pourrais prendre un complément alimentaire et devenir végétarienne, comme moi.

Elle sourit et je pousse un grognement.

– Enfin, nous n'avons aucune preuve que ta tante Margot est un vampire, continue Gaby. Les attaques à Central Park peuvent très bien être l'œuvre d'un faucon ou de n'importe quel autre animal. Il y a sûrement une explication rationnelle à ce que tu crois avoir vu dans sa chambre. Il y a des chauves-souris à Manhattan, tu sais. L'une d'elles a pu entrer par la fenêtre, et le reste n'était sans doute qu'une illusion d'optique due à la pénombre. Pourquoi tu n'en parlerais pas à Margot ?

Je tire nerveusement sur la fermeture Éclair de ma veste.

« En parler à Margot ? »

Je me vois mal frapper à sa porte pour l'interroger. D'ailleurs, qu'est-ce que je lui dirais ? « Bonjour, tante Margot. Désolée de te déranger, mais pourrais-tu m'expliquer pourquoi je t'ai vue transformée en chauve-souris ? Et aussi pourquoi tes chauves-souris empaillées sont bien vivantes… ou ressuscitées ? » Et si elle se fâchait ? Si elle me… mordait ?

Je porte instinctivement la main à mon cou.

– Je ne peux pas, dis-je à Gaby. Je n'ai pas envie de lui en parler. Je ne veux même pas la voir ! Voilà pourquoi j'ai apporté ce sac. Est-ce que je peux dormir ici ?

– Bien sûr, répond Gaby.

Puis elle enlève ses lunettes et me serre dans ses bras :

– Du moment que tu me promets de ne pas m'attaquer !

Devant son sourire malicieux, je peux pas m'empêcher d'éclater de rire. Gaby rit, elle aussi. Tout à coup, je prends conscience du ridicule de cette histoire. Mais je ne suis pas persuadée que Margot n'est pas un vampire, et je ne suis pas totalement rassurée à mon sujet. En tout cas, je me sens mille fois mieux qu'à mon arrivée. Gaby est vraiment la meilleure des meilleures amies.

Il commence à faire sombre, et une brise fraîche balaye la chambre. Gaby part avertir ses parents que je passe la nuit chez eux ; je me souviens que je dois appeler les miens. Je me dirige vers mon sac pour prendre mon téléphone portable. Mon regard se pose sur les photographies accrochées au mur. Celle de mon anniversaire, avec mes parents et mes amies. Tout le monde sourit, et je suis penchée au-dessus d'un gâteau rouge, sur le point de souffler la grosse bougie en forme de 12.

12.

Mon douzième anniversaire. En août dernier.

Soudain, je sens comme des picotements sur ma nuque. Il y avait autre chose sur le site Web, en plus de la liste et de l'information sur l'hérédité. Je ferme les yeux et me concentre pour me remémorer les mots exacts…

… les jeunes garçons et filles de ces familles commencent à présenter les symptômes mentionnés plus haut vers l'âge de douze ans. Leur transformation complète en vampire s'opère peu de temps après.

J'ai les mains moites. Bien sûr que j'apparais toujours sur les photographies et dans les miroirs. Bien sûr que je ne suis pas assoiffée de sang. Bien sûr que je ne me métamorphose pas en chauve-souris. C'est parce que ma transformation en vampire n'est pas terminée.

Pas encore.

Qu'est-ce que ça veut dire, « peu de temps après » ? Quelques mois ? Un an ? Je n'en ai aucune idée, mais une chose est certaine : à tout moment, je suis susceptible de devenir un vampire.

Et je ne peux rien y faire, absolument rien.

–6–

Je pensais que j'aurais du mal à aller au collège en sachant que ma grand-tante est un vampire. Mais c'est encore pire d'y aller en sachant que *je* suis peut-être un vampire.

Dans l'air vivifiant du matin, sur le chemin de l'école, je marche avec Gaby et me contente de l'écouter. Elle parle de son appareil dentaire, de Milo et de ses cours de danse. Elle hésite sur le déguisement qu'elle portera à Halloween : elle voulait d'abord porter un costume de fée, mais elle pense maintenant qu'un loup-garou serait mieux, parce que, ce soir-là, ce sera la pleine lune.

Je sais qu'elle essaie de me changer les idées, mais je suis obsédée par les écureuils morts et les dynasties de vampires. Hier soir, je ne lui ai pas parlé de mes réflexions au sujet de mon douzième anniversaire. Elle aurait trouvé un autre point faible à mon raisonnement, et je n'avais pas le courage de subir une nouvelle séance de psychothérapie. Ça me fait bizarre de cacher quelque chose d'important à ma meilleure amie. Je lui raconterai tout plus tard, lorsque je me serai habituée à l'étrangeté de la situation.

En arrivant au collège, nous voyons Cathy et Padma à côté des casiers. Mon cœur se serre. Je les aime bien, mais je n'ai pas envie de discuter.

– Salut, les filles ! s'écrie Padma.

Elle referme la porte de son casier et rejette sa longue tresse rousse derrière son épaule.

– Tu vas mieux, Emma-Rose ? me demande Cathy.

– Oui, dis-je. Je suis même prête à… mordre la vie à pleines dents !

– Quoi ?

Cathy me dévisage en fronçant ses sourcils blonds.

– Laisse tomber, glousse Gaby. Tu sais bien qu'Emma a un drôle de sens de l'humour !

Et elle me donne un coup de coude dans les côtes.

– Aïe !

– Il reste un peu de temps avant que ça sonne, intervient Padma. Si on allait boire un chocolat chaud à la cafétéria ?

Padma, Gaby et Cathy adorent prendre un chocolat chaud le matin. Moi, je préfère un grand verre de jus de canneberge.

Du jus rouge, tout bien pensé.

Rouge sang.

J'ouvre mon casier pour y mettre mon gros sac en bredouillant :

– Je ne peux pas. Je… euh… je dois préparer mon cours de dessin de ce soir…

C'est un mensonge. À en croire le regard que me lance Gaby, elle sait que je mens, mais je m'en fiche. J'ai besoin d'être seule. Je me dirige vers la classe. Ma prof est surprise de me voir arriver non seulement à l'heure mais même avant tout le monde.

Le premier cours de la journée, c'est éducation civique. C'est l'une de mes matières préférées. Mais, aujourd'hui, je fais à peine attention à Mme Grimm, qui nous parle d'Internet.

– C'est un merveilleux outil, s'extasie-t-elle en s'agitant avec son morceau de craie. Mais pas très fiable : les sites Web ne donnent pas toujours des informations exactes. D'ici lundi, je veux que vous alliez à la bibliothèque de votre quartier. Vous utiliserez la bonne vieille méthode de recherche dans les livres pour vous renseigner sur la région d'origine de votre famille.

À ces mots, j'émets un drôle de son, à mi-chemin entre le rire et le grognement. Mme Grimm et Padma me scrutent d'un air interrogateur, alors je fais semblant de tousser.

Le cours de sport est toujours un supplice. Aujourd'hui, c'est encore pire : je suis plus maladroite que jamais. Chaque fois que le ballon de volley arrive dans ma direction, je l'esquive ou le rate. Et, quand c'est à moi de faire le service, je ne parviens même pas à envoyer le ballon près du filet…

En me voyant louper mon coup pour la énième fois, Ève Epstein trépigne dans ses baskets rose métallique, comme une gamine qui fait une colère.

– Pff ! s'exclame-t-elle. C'est quoi, ton problème, Emma-Rose ? Est-ce qu'il y a des trucs que tu réussis, parfois ?

– Pff ! enchérit Marina Dangelo, une autre insupportable copine d'Alexandra et d'Ève.

Marina n'a pas assez de cervelle pour imaginer ses propres réparties.

Je jette un coup d'œil à Cathy, qui est aussi dans mon équipe. Mais elle m'observe d'un air déçu. À l'extérieur du gymnase, elle est l'une des filles les plus gentilles que je connaisse. Seulement, dès qu'elle porte un short et des baskets, elle se transforme en une espèce d'athlète ultra compétitive. Et moi, je me transforme en une amie ultra gênante.

J'encaisse le coup, la gorge serrée.

« Surtout, ne pleure pas ! »

– Ça suffit, les filles ! lance la prof de sport en venant à ma rescousse. Tu feras mieux la prochaine fois, Emma-Rose.

À midi, je constate que Cathy se sent coupable : elle m'offre un carré de chocolat après que j'ai péniblement avalé mon sandwich au rôti de bœuf. Je chipote ma nourriture, un peu absente, pendant qu'elle discute de la soirée d'Halloween avec Gaby et Padma. Entre deux bouchées, je tâte l'une de mes canines avec le bout de ma langue. Elle me semble très pointue. Plus pointue qu'auparavant.

« Oh, non ! Ça commence ! Bientôt, mes oreilles vont pousser et ressembler à celles des chauves-souris. Mon corps va rapetisser, et j'aurai des ailes noires et crochues dans le dos. Je me jetterai sur mes amis, leur mordrai le cou pour boire leur… »

– Je… À plus tard, les filles, dis-je en bégayant.

Je me lève et me précipite hors de la cafétéria. Gaby m'appelle ; je ne tourne même pas la tête. Je déteste être distante avec mes copines, et cela accentue mon malaise. Mais je ne peux pas faire autrement. Un jour, elles comprendront que j'ai agi ainsi pour les protéger.

J'entre dans les toilettes des filles et cours vers le miroir. J'ouvre la bouche pour observer mes canines. À mon grand soulagement, elles ne semblent pas plus longues ni plus pointues que d'habitude. Je suis également rassurée de constater que j'apparais toujours dans le miroir. Mes oreilles sont normales, elles aussi, et rien ne me pousse dans le dos. Les doigts tremblants, je tourne le robinet et asperge mon visage blême d'eau froide.

La porte s'ouvre, et Alexandra Lambert entre en secouant sa chevelure blonde. En me voyant, elle s'arrête net, pose une main sur sa hanche et déclare d'un ton hautain :

– Tu as fini ?

La princesse Alexandra ne supporte pas que l'un de ses sujets soit aux toilettes en même temps qu'elle.

– Oui, dis-je, aussi glaciale que possible, avant de sortir.

Pourvu qu'elle ne m'ait pas vue en train de m'examiner les dents ! Je suis certaine qu'elle en parlerait au prochain conseil d'études !

D'ailleurs, Hugo Gilbert passe dans le couloir au moment où je referme la porte. Il marche lentement, ses livres sous le bras. Dès qu'il m'aperçoit, il lance en souriant :

– Hé ! Blanche Blanchard !

Je tourne aussitôt les talons et pars dans la direction opposée. J'espère qu'il n'entend pas les battements de mon cœur. Maintenant que je connais les raisons de ma pâleur, le surnom « Blanche Blanchard » prend un tout autre sens.

– Hé ! crie Hugo tandis que j'accélère le pas.

J'ai l'impression qu'il est désolé, mais je me fais peut-être des idées.

L'après-midi ne se passe pas mieux. En cours de sciences naturelles, nous étudions les insectes. Quand le prof décrit les moustiques comme « de vilains insectes suceurs de sang », je voudrais ramper sous la table. En anglais, la discussion porte sur Edgar Allan Poe. Mme Roger arpente la pièce en parlant de la peur :

– Ce qu'un auteur peut créer de plus effrayant, c'est un sentiment d'appréhension, d'attente. On sait que quelque chose de terrible va arriver, mais on ignore quoi et quand.

Je hoche la tête avec tant d'enthousiasme que j'ai l'impression d'être un chien en peluche sur la plage arrière d'une voiture. Mme Roger me jette un regard étonné, et j'arrête de bouger.

« Un jour, il y aura une bonne histoire d'horreur à mon sujet », me dis-je.

L'idée de rentrer chez moi après le collège me terrifie. Je suis donc très heureuse d'aller à mon cours de dessin, dans la 92e rue.

Pendant tout le cours, ma crainte des vampires ne me quitte pas un instant. Sans vraiment m'en apercevoir, je me dessine avec des ailes et des oreilles de chauve-souris. Mon professeur, M. Scully, aime bien mon croquis. Selon lui, il s'agit d'« une interprétation fascinante du passage de l'enfance à l'âge adulte ». S'il savait… !

J'aurais voulu que le cours ne s'arrête jamais, mais je finis par devoir rentrer. Dans l'autobus qui me ramène chez moi, mon cœur bat très vite. Lorsque nous traversons Central Park dans la lueur rosée du crépuscule, j'examine le ciel à la recherche de chauves-souris. Je ne vois que des nuées d'oiseaux, qui se dirigent vers le sud. Cela me donne le courage nécessaire pour prendre l'ascenseur et entrer dans l'appartement. Que je le veuille ou non, il va falloir que j'affronte ma grand-tante…

Seulement, voilà : elle n'est pas là.

Il y a Bram, en revanche, qui s'éloigne aussitôt de moi en gémissant.

– Comment te sens-tu, ma chérie ? demande ma mère en sortant de la cuisine avec mon père. Tu es encore pâlottc. Jc parie que Gaby et toi, vous vous êtes couchées trop tard, hier. Tu ne veux pas que je prenne rendez-vous chez le médecin ?

Je secoue la tête et pose mon sac. J'imagine mon gentil pédiatre grassouillet en train de me faire une prise de sang, puis de reculer avec horreur en constatant que je ne suis pas tout à fait… humaine.

Je décide donc de mentir :

– Je me sens bien.

– Tu as passé une bonne journée ? demande mon père.

Je mens à nouveau :

– Oui. Où est Margot ?

– Elle dort, répond ma mère. À peine rentrée du musée, elle est allée se coucher. Elle avait l'air épuisée, sans doute à cause du décalage horaire.

« Ou alors parce qu'elle ne dort pas la nuit », me dis-je.

– J'espère qu'elle n'a pas attrapé le virus que tu avais hier, ajoute mon père.

– C'est plutôt moi qui ai attrapé son virus…

– Qu'est-ce que tu as dit ? me demande ma mère en écartant ma frange de mes yeux.

– Rien, rien…

Est-ce que ma grand-tante est réellement en train de dormir ? Est-ce qu'elle n'est pas occupée à tout autre chose — un quelconque rituel de vampire ?

Je lance à mes parents :

– Je reviens tout de suite.

Et je me dirige vers ma chambre. La porte de celle de Margot est entrouverte. Ma grand-tante semble endormie. Elle est étendue sur le dos, ses cheveux noirs répandus sur l'oreiller et son visage pâle tendu. Il n'y a pas de chauves-souris ; elles ont dû rester au musée. Je les imagine, quelque part dans le bâtiment, attendant le bon moment dans leurs cages. Que se passera-t-il quand la nuit sera tombée ? Je tremble d'effroi en songeant aux gardiens du musée, que je connais depuis toujours. Les chauves-souris passeront-elles en criant devant eux pour envahir Central Park, ou les attaqueront-elles pour se nourrir ?

« Brrr… »

Ce soir-là, je n'arrive pas à manger. Je ne téléphone pas non plus à Gaby, me sentant incapable de tout lui expliquer. Je me contente de lui envoyer un texto prétextant que j'ai beaucoup de devoirs. Elle me répond : *OK. Est-ce que tu as parlé à Margot ?* Je soupire en tapant ma réponse : *Pas encore.*

Mon plan est de rester en alerte jusqu'à ce qu'elle se réveille. Alors, j'irai l'espionner, peut-être lui parler si j'en ai le courage. Je compte aussi me faufiler dans la cuisine pour allumer la télé et découvrir en direct si de nouvelles attaques se sont produites. Il faut également que je continue mes recherches sur Internet. Ce sera une soirée très chargée.

Pourtant, je suis épuisée par cette journée riche en péripéties et, la nuit dernière, je n'ai quasiment pas dormi sur le matelas gonflable qu'avait installé Gaby. J'essaie de rester éveillée et de me mettre à mes devoirs. Mais je somnole, et mon crayon me glisse constamment des doigts.

« Je vais juste me reposer quelques minutes », me dis-je en m'allongeant sur mon lit.

Pour la première fois depuis longtemps, je tombe aussitôt dans un sommeil de plomb. Être vampire, c'est plus épuisant qu'on pourrait le croire…

–7–

Je marche sur la pointe des pieds dans la pièce sombre et glaciale. J'espère que personne ne m'a suivie. Le cœur battant, j'essuie mes mains moites sur ma jupe. J'ai peur, mais je sais que je dois continuer à avancer. Je ne peux plus reculer.

Tout à coup, je les aperçois. Ils me fixent dans l'obscurité. Les yeux rouges, luisants. Les yeux *avides*. Je m'oblige à me diriger vers eux. Il faut que…

Bip, bip, bip !

Je tends le bras et donne un coup sur mon réveil pour l'arrêter, puis j'enfouis mon visage dans l'oreiller.

« Quoi ? Mon réveil ? C'est déjà le matin ? »

Je me redresse en sursaut. Eh oui, il fait jour. Je ne pense même pas au cauchemar qui est revenu me hanter. Je dois absolument voir Margot avant qu'elle parte ! Est-il trop tard ?

Je me lève et me précipite dans la chambre d'amis. Le lit de ma grand-tante est déjà fait et la pièce est déserte. Je vais dans la cuisine pour questionner ma mère.

– Elle m'a laissé un mot, me répond-elle. Elle est partie travailler avant l'aube. Margot est tellement dévouée !

« Avant l'aube… »

Ces mots me font frissonner. Je tire sur les manches de mon pyjama et jette un regard perplexe à ma mère.

– Mais le musée n'ouvre pas avant sept heures pour les employés, fais-je remarquer à ma mère. Qu'est-ce qu'elle peut bien faire en attendant ?

Maman hausse les épaules en se servant du café :

– Eh bien, j'imagine qu'elle commence par prendre un petit déjeuner, puis qu'elle se balade. Elle n'est pas venue à New York depuis treize ans ; elle veut probablement s'imprégner de l'atmosphère de la ville.

– Quoi ? Tante Margot est déjà venue ici ? Avant ma naissance ?

– Oui, acquiesce mon père en levant les yeux de son bol de céréales. Ta mère était enceinte de toi. Margot était passée à New York pour mener des recherches sur les chauves-souris. Elle n'avait pas logé chez nous ; notre appartement était trop petit.

C'est curieux. La dernière visite de Margot a-t-elle un rapport avec le fait que je sois un vampire ? Aurait-elle jeté un sort à ma mère pendant sa grossesse ?

Une idée me traverse l'esprit :

– Est-ce que vous avez des photos de Margot à cette époque ? Ou d'autres photos d'elle ? Quand elle avait mon âge, par exemple ?

– Hum..., fait maman, je n'ai pas beaucoup de photos de Margot... Quelques-unes lorsqu'elle était petite, c'est tout.

« Évidemment, me dis-je en me frictionnant les bras. Il ne peut pas y avoir de photos de Margot après l'âge de douze ans... »

Mes soupçons sont donc confirmés.

– Je parie que Margot ressemblait à Emma-Rose quand elle était enfant, intervient mon papa. Tu as remarqué, Lili ? La ressemblance est... troublante.

« Tu ne sais pas à quel point, papa. »

– Oui, j'ai remarqué, répond ma mère en souriant. Il paraît que Margot était la plus belle fille du village. Tu entends ça, Emma-Rose ?

Moi ? Belle ? Avec une moue incrédule, je baisse les yeux sur les pointes de mes cheveux ébouriffés et sur mon vieux pyjama.

– Ta grand-mère m'a raconté que Margot avait de nombreux prétendants, continue maman. Mais elle a décidé de ne pas se marier.

« Peut-être parce qu'elle ne pouvait révéler sa véritable nature à personne. », me dis-je, et, sans savoir pourquoi, je pense un court instant à Hugo Gilbert.

– Pourquoi poses-tu tant de questions au sujet de Margot ? me demande mon père. C'est gentil de t'intéresser à ta grand-tante, mais ça ne te ressemble pas trop.

– Euh…

Pendant une seconde, j'hésite à leur avouer l'horrible vérité. Puis je me souviens que ma mère ne m'a pas écoutée mardi matin. Si nous commençons à en discuter maintenant, je serai sûrement en retard au collège.

« Le collège… », me dis-je, soudain inspirée.

Je m'écrie :

– Le devoir de généalogie !

Devant l'air inquiet de mes parents, je m'efforce de retrouver mon calme et reprend :

– Enfin… C'est pour un devoir de généalogie. Pour mon cours d'éducation civique. J'avais oublié de vous en parler. On doit faire des recherches sur les origines de notre famille. Alors, je pensais interroger tante Margot…

– C'est une excellente idée, répond ma mère en sirotant son café. Seulement, tu devrais attendre que la soirée d'inauguration soit passée. Margot et moi allons être débordées jusqu'à vendredi prochain.

– Ça me fait penser que je dois apporter mon smoking au pressing, murmure mon père en se levant. Voulez-vous que je prenne aussi vos tenues ?

Je me mords la lèvre. Avec tous les événements qui se sont produits cette semaine, l'inauguration m'est totalement sortie de la tête. Je n'ai toujours pas décidé si je vais y assister ou aller à la fête.

La fête… Mon cœur se serre. Oh, non ! Il y a une réunion du conseil d'études aujourd'hui. C'est bien la dernière chose dont j'avais besoin ! Comme si j'avais envie d'assister à ce fichu conseil ! Gaby a peut-être raison : les petits yeux rouges de mon cauchemar ont peut-être un rapport avec Alexandra et son maillet rose…

C'est ce que je chuchote à ma meilleure amie au fond de la salle 101, après la fin des cours. Alexandra se tient debout, face à nous. Elle claque son maillet sur le bureau pour obtenir le silence.

– Bien sûr que j'ai raison ! souffle Gaby d'un air détaché, tout en envoyant un texto à Cathy.

Elle referme le clapet de son téléphone et me sourit.

Je soupire. Gaby et Cathy ont été très proches, cette semaine. Elle l'a même invitée à venir chez elle ce week-end pour jouer à la console quand Carlos sera à son cours de karaté. J'ai un pincement au cœur. Elle avait juré que nous y jouerions ensemble dès que son petit frère aurait le dos tourné. Même si nous sommes copines toutes les quatre, nous formons en fait deux paires de meilleures amies : Cathy et Padma, Gaby et Emma-Rose. C'est comme ça ; un point, c'est tout. Padma semblait vexée, elle aussi, mais elle n'a rien dit. Quant à moi, j'étais trop abasourdie pour réagir.

J'ai passé la journée dans une espèce de brouillard. Hier, les gens devaient croire que je me remettais doucement de ma maladie. Aujourd'hui, mes profs étaient agacés que je sois autant dans la lune. Vampire ou pas, je commence à me demander si je ne risque pas de mettre ma scolarité en péril...

Hugo se lève pour faire l'appel. Je me sens rougir. Gaby se penche et se met à écrire dans mon cahier. Je m'attends à ce que ce soit au sujet de Hugo ; je me trompe : *Du nouveau avec Margot ?* Je réponds aussitôt : *Non. Elle dort toute la journée et part AVANT LE LEVER DU SOLEIL.*

Je suis si concentrée sur ce que je viens de noter que, lorsque Hugo annonce : « Blanche Blanchard », je lève la main sans même le regarder.

Ça ne veut rien d

Gaby s'arrête au milieu de sa phrase en entendant une voix sévère :

– Emma-Rose ! Gaby !

C'est Mme Grimm. Elle est debout devant notre table, l'air fâché.

– Mesdemoiselles, je sais que ce n'est pas un véritable cours, mais je vous prie de vous abstenir de vous écrire des petits mots pendant nos réunions.

Hugo lève les sourcils. Alexandra et Ève échangent des sourires triomphants. Je sens la colère monter en moi. C'est totalement injuste ! Mme Grimm laisse Alexandra faire toutes ses simagrées, mais elle nous réprimande, Gaby et moi !

– Désolée, madame Grimm, bredouille Gaby en joignant sagement les mains sur la table.

– Désolée, dis-je à mon tour entre mes dents serrées.

Je m'aperçois alors que Mme Grimm tient un journal sous le bras. En bas à droite, un petit article porte le titre suivant : *De nouvelles attaques dans Central Park éveillent les soupçons.*

Mon sang se fige et ma bouche s'assèche d'un coup. Il y a eu de nouvelles attaques depuis mardi ? Je meurs d'envie d'en savoir plus. Qui soupçonnent les autorités ? Est-ce que quelqu'un, en voyant les morsures, a évoqué la possibilité qu'il s'agisse… d'un vampire ?

Je voudrais emprunter ce journal ou donner un coup de coude à Gaby afin qu'elle voie le titre, mais mieux vaut que je me tienne tranquille.

Mme Grimm retourne s'asseoir près de la fenêtre. Alexandra se dirige vers le tableau et écrit : *Soirée d'Halloween*. Les breloques de son bracelet me semblent cliqueter plus fort que d'habitude. Ça me donne mal à la tête.

– Bon, fait Alexandra de sa voix haut perchée. Nous allons parler d'un sujet passionnant : la décoration du gymnase pour le transformer en véritable salle de bal !

Je me masse les tempes.

– Voilà mon idée…, continue Alexandra en écartant les mains d'un geste théâtral. On pourrait donner un thème à notre fête : les bonbons d'Halloween. On servirait de la barbe à papa. On s'assiérait sur des poufs en forme de chamallows. Et on pourrait poser un tapis géant sur le sol du gymnase, comme les tapis rouges dans les galas des célébrités, sauf que le nôtre serait rose… de la même couleur que les ballons. C'est une bonne idée, hein ?

Aussitôt, les mots jaillissent de ma bouche. Impossible de les arrêter. Le temps que je m'en aperçoive, il est trop tard : j'ai parlé. J'ai dit : « Tu n'es pas sérieuse ? » à la princesse Alexandra Lambert.

Tout le monde se tourne vers moi. Moi, la douce et tranquille Blanche Blanchard, qui, jusqu'à présent, n'avait jamais prononcé trois mots d'affilée durant les réunions du conseil d'études. Je sens le regard de Gaby me transpercer. Hugo, Ève, Tim, Mme Grimm… tous me dévisagent, stupéfaits.

Alexandra croise les bras sur sa poitrine. Elle lève le menton et demande, du ton le plus glacial que j'aie jamais entendu :

– Qu'est-ce que tu as dit, Emma-Rose ?

Mais qu'est-ce qui m'arrive ? Je me sens soudain envahie par une fougue et un courage inédits. Est-ce que ça a un rapport avec les événements des derniers jours ? Sans doute : après ce que j'ai vu dans la chambre de ma grand-tante lundi soir, je ne vois pas comment quelqu'un comme Alexandra pourrait m'effrayer. Ce n'est qu'une élève banale. Tandis que moi, je suis la descendante d'une très ancienne lignée, noble et puissante.

Je lève le menton à mon tour, rejette mes cheveux noirs en arrière et, calmement mais fermement, riposte :

– J'ai dit : « Tu n'es pas sérieuse ? » Sans rire, Alexandra ! Rose bonbon, pour une fête d'Halloween ? C'est ridicule !

On entend des chuchotements et des exclamations étouffées dans la classe. Hugo est adossé au tableau, les yeux pétillants et la mine amusée, comme s'il assistait à un bon spectacle. Ève est bouche bée ; elle n'arrive pas à croire que j'ai eu le culot d'affronter son idole. Alexandra me fixe un instant, interloquée. Elle se ressaisit aussitôt et réplique avec sarcasme :

– Merci de nous avoir fait part de ton opinion, Emma-Rose. Et, par hasard, as-tu une idée lumineuse au sujet de la couleur qu'il faudrait utiliser pour le bal ?

Mon cœur bat fort. Plein d'idées me viennent en tête. J'en ai toujours, des idées, mais je n'ai encore jamais essayé de les défendre.

– En fait, oui… L'évidence serait d'utiliser du noir et de l'orange. Mais pourquoi n'essaierions-nous pas le rouge foncé ?

Je poursuis, de plus en plus sûre de moi :

– On n'aurait qu'à demander la permission de coller des stickers sur les murs, représentant des crânes, des toiles d'araignée ou des fantômes. Mieux : on pourrait louer une machine à brouillard et disposer des bonbons dans un vieux chaudron de sorcière. Ton idée de tapis rouge n'était pas mauvaise : on pourrait l'améliorer. Certains élèves joueraient le rôle de paparazzis pendant que les autres défileraient sur le tapis, dans leur magnifique costume… Ce serait comme Halloween à Hollywood !

Je reprends mon souffle. C'est la première fois de ma vie que je parle autant ! Mais je ne me sens ni intimidée ni embarrassée. C'est excitant, en fait, d'exprimer librement ses pensées. Et c'est agréable de penser à autre chose qu'à des dents pointues et des animaux morts dans le parc…

Pendant un moment, la classe demeure silencieuse. Puis Gaby se tourne vers moi et annonce, d'une voix forte :

– Je trouve ça génial !

Je remue les lèvres en silence : « Merci. » Elle lève le pouce en guise de réponse. Ce n'est pas étonnant que Gaby m'encourage ; je m'y attendais. Mais personne d'autre ne prend la parole. Je commence à me trémousser sur ma chaise. Vont-ils démolir mon projet ? Alexandra, surtout, dont le visage a viré au rouge…

Puis Hugo Gilbert, qui était resté adossé au mur, avance en toussotant, les mains dans les poches.

– Pas mal, Blanche Blanchard ! dit-il avec son beau (et agaçant) demi-sourire. Pas mal du tout. En fait, c'est même… super !

Je sens que, moi aussi, je deviens toute rouge, et je hausse les épaules. Alexandra jette à Hugo un regard furieux. Un peu plus, et elle lui hurlerait : « Sale traître ! » en plein visage.

– Ouais, renchérit Tim. J'aime bien l'idée du chaudron.

– Et moi, j'adore celle des stickers ! s'exclame Zora Robinson. Je parie qu'on peut en trouver qui se décollent facilement.

Un brouhaha excité emplit la salle. Mes camarades me sourient, l'air approbateur, et mes joues s'empourprent un peu plus.

Alexandra, le dos tourné à Hugo, fixe maintenant Ève, qui se ronge les ongles. Quand Ève se décide à ouvrir la bouche, tout le monde se penche pour l'écouter.

– Hum… oui…, bafouille-t-elle en ouvrant de grands yeux terrifiés. J'aime bien l'idée des paparazzis…

Alexandra en reste pantoise.

– Adjugé ! s'écrie quelqu'un à l'autre bout de la pièce.

Des applaudissements retentissent. Un autre élève se met à scander :

– Halloween à Hollywood ! Halloween à Hollywood !

– Bravo, Emma-Rose ! ajoute un troisième.

Je n'en crois pas mes oreilles. Je me tourne vers Gaby, qui semble stupéfaite, elle aussi, mais fière.

– Silence ! crie Alexandra en claquant son maillet sur le bureau. Qu'est-ce qui se passe, ici ? Je suis la présidente : c'est moi qui décide ! Et je n'aime pas cette idée. Qui a besoin de paparazzis à une fête ?

– Désolée, Alexandra, intervient Mme Grimm en lissant sa jupe. Ce n'est pas ainsi que ça fonctionne. Le conseil d'études a toujours suivi des règles démocratiques. Nous allons donc voter.

Avant qu'Alexandra puisse protester, Mme Grimm se tourne vers la classe :

– Ceux qui sont en faveur de la proposition « Bonbons d'Halloween », levez la main !

Alexandra lève le bras avec tant de vigueur que sa bague rose en forme de fleur heurte le tableau. Personne ne l'imite. Ève bouge le bras, hésitante, puis repose la main sur son genou en chuchotant un « Excuse-moi » penaud à Alexandra.

– Bon, reprend Mme Grimm. À présent, qui est en faveur de la proposition « Halloween à Hollywood » ?

Toutes les mains se lèvent, excepté celle d'Alexandra. Ève tend le bras bien haut, tout comme Hugo et Tim. Un sentiment de fierté m'envahit. Je remarque que Mme Grimm arbore un petit sourire. Malgré ses remontrances, je me demande si elle n'est pas contente de voir mon idée battre celle d'Alexandra.

– Voilà qui est décidé, conclut-elle en se frottant les mains. Nous ferons donc « Halloween à Hollywood » !

Alexandra a les dents serrées. On pourrait presque voir de la fumée sortir de ses oreilles.

– Je suggère qu'Emma-Rose soit la décoratrice en chef ! lance Gaby.

– Non, attends… Quoi ? dis-je, balbutiante. Je ne voulais que proposer des idées… Je ne peux pas…

– J'appuie sa candidature ! déclare Zora avec un grand sourire. Tu vas faire un excellent travail, Emma-Rose !

– Très bien…, grince Alexandra en jetant son maillet. Emma-Rose n'a qu'à s'occuper de la décoration.

Elle se tourne vers moi, une expression méprisante sur le visage :

– Mais ça signifie que tu devras acheter tous les accessoires et préparer le gymnase avant la fête. Je serai là, mais seulement pour superviser…

La mine toujours hautaine, elle ajoute :

– Je ne veux pas m'abîmer les ongles.

– Moi, je t'aiderai, évidemment ! intervient Gaby.

– Je ne pourrai pas t'aider à décorer le gymnase, regrette Zora, mais je viendrai te filer un coup de main pour les courses.

– Moi aussi, annonce Janie Woo, sa meilleure amie.

Je hoche la tête, toute retournée. Dans quoi me suis-je embarquée, au juste ?

Tout à coup, je m'aperçois d'une chose : si je suis responsable de la décoration, je serai obligée d'aller à la fête. Donc, je ne pourrai pas assister à la soirée d'inauguration. J'ai un pincement au cœur.

Pendant qu'Alexandra clôt sèchement la séance, Gaby remarque mon air déçu.

– Pas d'inauguration, hein ? devine-t-elle avec compassion. Ni de porte-à-porte pour réclamer des bonbons !

Je secoue la tête :

– On dirait bien qu'Alexandra a pris la décision à ma place. Dommage que je ne puisse pas faire un aller-retour entre la fête et l'inauguration.

– À moins que tu portes un déguisement à l'inauguration…, soupire Gaby.

J'observe Alexandra qui sort de la salle, boudeuse, en faisant claquer ses talons. Ève s'empresse de la suivre en s'excusant. Hugo et Tim partent à leur tour. Sitôt que la porte se referme sur eux, les autres élèves se lèvent et s'approchent de moi.

– Hé, Emma-Rose ! C'était super, ce que tu as fait, s'exclame Zora en ouvrant de grands yeux admiratifs. Tu as tenu tête à Alexandra !

– Oui… Son idée rose bonbon était horrible, grogne Janie.

– Je ne pensais pas que quelqu'un oserait le lui dire, ajoute Matt de la Cruz, un gars brillant qui est dans ma classe.

– On était *tous* avec toi ! renchérit une autre fille.

Et tous hochent la tête, enthousiastes. Gaby est aussi surprise que moi.

Mme Grimm est en train d'essuyer le tableau. Elle se tourne vers moi en souriant :

– Moi aussi, j'ai été très impressionnée par ton intervention, Emma-Rose.

Ces marques d'attention me font chaud au cœur.

« Alors, ça fait cet effet, d'être populaire ? » me dis-je.

Je me sens toujours différente des autres, mais, pour la première fois, c'est une sensation merveilleuse.

Peut-être qu'être vampire n'a pas que des désavantages ? Peut-être que cela me permettra de devenir une nouvelle Emma-Rose ?

–8–

Le vendredi, je commence à m'employer à devenir cette nouvelle Emma-Rose.

Je me lève tôt, mais pas assez pour croiser ma grand-tante (qui dormait quand je suis rentrée la veille, bien sûr). Je m'empresse d'enfiler un jean rouge foncé, un T-shirt noir et un débardeur orné de petites cerises rouges. J'ajoute des serre-poignets à rayures mauves et mes bottillons noirs. Puis j'envoie un texto à Gaby pour l'informer que je partirai tôt au collège : inutile qu'elle passe me chercher.

Je me sens un peu coupable. Nous n'avons pas eu le temps de discuter ni d'échanger des messages hier. Gaby est partie à la bibliothèque continuer ses recherches pour le devoir de généalogie. Elle m'a proposé de l'accompagner, mais j'étais trop excitée après la réunion du conseil d'études. Je suis donc tout de suite partie avec Zora acheter des décorations pour la fête. Dans un coin de ma chambre, il y a maintenant un sac rempli de stickers phosphorescents et de papier crépon noir et orange.

Je me rends dans la cuisine. Ma mère est surprise de me voir déjà debout. Papa dort encore. Tout en me servant un verre de jus de canneberge, je lui annonce que je n'irai pas à la soirée d'inauguration, la semaine prochaine. Elle est déçue, mais ravie d'apprendre que je participe à l'organisation de la fête. Puis je prends mon sac à dos et pars pour le collège.

En arrivant, j'aperçois Ève, Marina, Tim et Hugo. Ils sont devant leur casier. J'entends Ève dire aux garçons qu'Alexandra est malade. La petite princesse aurait-elle besoin d'une journée de congé pour se remettre du choc qu'elle a reçu hier ?

J'avance vers mon casier.

– Bonjour, Blanche Blanchard ! me lance Hugo.

Je me retourne et lui adresse le genre de regard qu'un vampire jetterait à un écureuil sans défense. Je ne rougis pas. Je ne bouge pas d'un cil.

– Tu sais, Hugo, tu pourrais changer de refrain, lui dis-je d'un ton ferme. Ce n'est plus drôle.

Il cligne des yeux, puis passe une main dans ses cheveux noirs.

– Hum…, fait-il nerveusement.

Ève, Marina et Tim s'échangent des coups d'œil ahuris. Eux non plus ne sont pas habitués à me voir riposter. Ni même parler. Je ne me démonte pas. Je continue de les dévisager, les mains sur les hanches.

Finalement, Marina prend prudemment la parole :

– J'aime beaucoup ce que tu portes, Emma-Rose.
– Merci.

En avançant vers mon casier, je vois Ève donner un coup de coude à Marina.

– Eh bien, quoi ? chuchote Marina. Je trouve ça beau, c'est tout !

Je souris.

Je savais bien que le cours de sport mettrait fin aux efforts de gentillesse de Marina. Nous sommes encore dans la même équipe, avec Ève et Cathy. La dernière fois, nous avons perdu à cause de moi. Aujourd'hui, Ève et Cathy, même si elles ne sont pas amies, semblent se serrer les coudes pour gagner. Lorsqu'un membre de l'équipe adverse fait le service, elles s'élancent toutes les deux. Cathy envoie le ballon à Ève, qui le fait passer par-dessus le filet.

– Vas-y, Ève ! l'encourage Marina.

Puis elle ajoute du bout des lèvres :

– Toi aussi, Cathy…

La prof donne un coup de sifflet.

– ROTATION ! annonce-t-elle.

Un nœud se forme dans mon estomac. C'est à mon tour de servir.

– Souviens-toi de ce que je t'ai dit, me souffle la prof.

Elle s'approche de moi et place le ballon — mon pire ennemi — dans ma main.

– N'aie pas peur, poursuit-elle. Utilise toute ta force. Et envoie ce ballon au-dessus du filet !

– Elle ne pourrait pas passer son tour, pour une fois ? gémit Ève.

– Chut, on va rigoler, au moins ! persifle Marina.

Cathy garde les yeux baissés sur ses baskets, comme si elle ne pouvait pas supporter de me voir échouer une fois de plus.

Tout à coup, la sensation de puissance que j'ai éprouvée pendant la réunion du conseil revient en force. De quoi ai-je peur, au juste ? Je suis un *vampire*. Qu'est-ce qu'une partie de volley-ball à côté d'un carnage sanguinaire au milieu de la nuit ?

Je peux le faire ! Oui, je peux le faire ! Rien de plus simple…

Le sang me monte à la tête. Je balance le bras. Mon poing entre en contact avec le ballon, le projetant vers l'avant avec tant d'énergie que j'en ai le souffle coupé. Le ballon franchit le filet à toute allure et vole au-dessus des joueurs de l'équipe adverse. Une fille bondit pour l'intercepter, mais elle rate son coup, et le ballon rebondit sur le sol.

Un silence stupéfait envahit le gymnase. Même le sifflet en tombe de la bouche de la prof.

– Bravo, Emma-Rose ! crie Cathy en courant vers moi pour me serrer dans ses bras.

Je l'étreins avec un sourire si grand que j'en ai mal aux joues.

– Bravo, Emma-Rose ! répètent quelques-unes de mes camarades en applaudissant.

Je n'aurais jamais cru entendre ça en cours de sport ! Je savoure le plaisir de la victoire.

Ce qui me réjouit encore plus, c'est de voir Ève et Marina, immobiles, le teint blême. Elles échangent un regard stupéfait avant de me dévisager.

Je ne peux pas résister…

– Merci pour votre soutien, les filles ! leur dis-je.

Cathy pouffe de rire. La prof aussi émet un petit gloussement.

Après le cours, je rejoins les vestiaires, souriante et en sueur. En croisant mon reflet dans le miroir, je suis presque déçue de constater que mes dents n'ont toujours pas poussé.

« Voilà ce que c'est, d'être surhumaine ! »

Je dresse la tête. Pour la première fois depuis que je sais qui je suis, il me semble que la magie de mes ancêtres coulent dans mes veines.

À la fin de la journée, je pousse vigoureusement les portes de l'école pour sortir. Mes cheveux se balancent au rythme de mes pas, tel un rideau de soie noir. Le ciel orageux me fait sourire un peu plus encore. Je dévale les marches avec assurance. Je suis si pleine d'énergie que je pourrais sans problème entamer une autre partie de volley-ball.

– Emma ! Attends-moi !

Je me retourne et aperçois Gaby, qui court pour me rattraper. Ses cheveux et son sac tressautent derrière elle. Je tends les bras vers elle, heureuse de la voir. Nous n'avons pas vraiment pu discuter ce midi, car Zora, Matt et Janie se sont assis à notre table pour que nous parlions de la décoration du gymnase. Matt a convaincu quelques élèves de jouer le rôle des paparazzis. Zora et Janie ont trouvé un chaudron dans un magasin de farces et attrapes du centre-ville. Je m'attendais à ce que Gaby participe à la conversation, mais elle a préféré discuter avec Cathy et Padma.

– Regarde : j'ai quelque chose pour toi, commence-t-elle dès qu'elle m'a rejointe. Je voulais te le donner plus tôt, mais…

Elle sort un petit sachet de son sac à dos.

– Un cadeau ? En quel honneur ?

– Juste comme ça, pour te remonter le moral.

– Oh, c'est vrai que je…

Quand j'ouvre le sac, les mots restent coincés dans ma gorge. C'est un dentier de vampire en plastique.

– C'est rigolo, non ? fait Gaby avec une lueur espiègle dans ses yeux bruns.

Je fronce les sourcils. Ma meilleure amie me semble presque une étrangère. Rigolo ? Ma situation ne me paraît pas du tout rigolote, à moi !

– Ouais, c'est tordant ! dis-je, ironique, en fourrant le dentier dans mon sac à dos.

Puis, évitant le regard de Gaby, je tourne les talons et m'éloigne de l'école, en faisant craquer les feuilles d'automne sous mes pieds. Gaby m'emboîte le pas. Elle marche à côté de moi, en silence, pendant quelques minutes. Elle ne sait pas quoi dire.

– Tu viens chez moi ? finit-elle par demander.

– Oui, oui…

Ça m'était totalement sorti de la tête : je vais chez Gaby tous les vendredis.

– Tu as invité Cathy, aussi ?

En voyant l'expression blessée de Gaby, je regrette aussitôt ma question.

– Non, répond-elle d'un ton cassant. Pourquoi je l'aurais invitée ?

– Eh bien, vous avez prévu qu'elle vienne chez toi demain, pour jouer à la Wii, non ?

Ma voix a été plus brusque que je ne l'aurais voulu.

Gaby hoche la tête, penaude :

– Oui. Padma ne peut pas venir parce qu'elle a son cours de piano…

Et elle s'empresse d'ajouter :

– Mais tu peux venir aussi, Emma ! Je suis désolée de ne pas te l'avoir proposé avant. Tu semblais si distraite, cette semaine. Comme si tu préférais qu'on te laisse tranquille.

– Je sais, dis-je, envahie par la culpabilité.

Nous empruntons la 83e rue, où nous contournons un groupe de pigeons.

– Est-ce que c'est à cause de cette histoire de « vampires » ? m'interroge Gaby avec un petit sourire et en mimant les guillemets avec ses doigts.

Je stoppe net. Est-ce à cause de son cadeau « humoristique » ou de son ton moqueur ? En tout cas, je suis en colère :

– Tu peux parler moins fort ?

Moi-même, j'ai chuchoté en prononçant cette phrase. Nous sommes tout près du Musée d'histoire naturelle. Margot pourrait débouler n'importe quand, avec ses dents effilées et ses ailes déployées. À cette pensée, mon corps se glace d'effroi.

– Je le savais ! soupire Gaby. Je savais que tu étais encore obsédée par cette histoire. Je parie que tu n'as même pas parlé à ta grand-tante. Probablement, d'ailleurs, parce que tu es bien consciente qu'elle va te fournir une explication logique, et que tu n'en as pas envie !

Ma patience a des limites :

– Non ! Je ne lui ai pas parlé parce qu'elle ne vit que la nuit, d'accord ? Et tu te souviens quand tu as voulu me convaincre que je n'avais pas de symptômes ? Eh bien, tu te trompais !

En m'efforçant de parler à voix basse, je lui confie mes découvertes et mes conclusions au sujet de mon douzième anniversaire. Je m'attends à ce qu'elle ouvre de grands yeux terrifiés et qu'elle s'excuse d'avoir douté de moi. Au lieu de cela, elle secoue la tête :

– Ça ne prouve rien ! Ce n'est pas parce que tu as lu ça sur un site Web… Tu aurais mieux fait de m'en parler tout de suite ; ça t'aurait évité pas mal de stress.

Nous nous arrêtons au coin de la rue pour attendre que le feu passe au vert. Le tonnerre gronde. J'observe Gaby, qui arbore un air supérieur, les bras croisés sur la poitrine.

« Est-ce qu'elle me comprend vraiment, en fait ? »

– Tu sais pourquoi je ne t'en ai pas parlé ? Parce que je me doutais de la façon dont tu réagirais. J'avais deviné que tu ne me croirais pas.

J'ai toujours eu conscience qu'elle ne me prenait pas au sérieux ; je m'en aperçois tout à coup. Une meilleure amie ne devrait-elle pas me soutenir, quelles que soient les circonstances ?

– J'essaie seulement de t'aider, proteste Gaby en haussant la voix pour se faire entendre par-dessus les klaxons. Voyons, Emma ! Tu n'étais pas dans ton état normal, cette semaine !

Son attitude me rend triste.

« Tu es la digne descendante d'une grande dynastie », me dis-je pour me donner du courage.

Le tonnerre gronde à nouveau.

– C'est vrai que j'étais bizarre, je le reconnais. Mais je vais mieux, maintenant. En fait, je vais très bien, au cas où tu ne l'aurais pas remarqué.

– Oh, je l'ai remarqué ! confirme-t-elle sèchement en traversant la route.

Ses joues sont roses, comme à chaque fois que quelque chose la tracasse.

– J'ai remarqué que, tout ce qui t'importe désormais, c'est de te faire bien voir au conseil d'études, de devenir copine avec les élèves populaires et…

– QUOI ?

Je m'arrête au milieu de la rue. Gaby doit me tirer par le bras pour me faire avancer. Lorsque j'atteins le trottoir d'en face, je suis rouge de fureur. Je me sentais si bien aujourd'hui, et voilà que Gaby a tout gâché !

– Je croyais… Je croyais que tu étais *contente* pour moi… Tu as même proposé que je sois la décoratrice en chef !

J'ai le cœur serré. J'ai l'impression que notre conversation dérape complètement… et ça m'effraie encore plus que les vampires.

Comme déclenchée par notre dispute, la pluie se met à tomber. J'étais tellement pressée, ce matin, que je n'ai pas pensé à prendre un parapluie.

– C'est incroyable… Tu es jalouse ! Voilà ce qui se passe !

Gaby lève les yeux au ciel.

– Si, tu es jalouse ! Parce que je suis enfin capable de tenir tête aux gens et de leur dire ce que je pense. Alors que toi, tu n'as même pas eu le courage d'adresser un mot au Milo de ton cours de danse.

Je finis ma phrase en criant presque. Gaby prend un air offensé. Je me mords la lèvre. Je n'avais pas l'intention d'être blessante, ni celle de parler de garçons.

– Et alors ? crache-t-elle. Tu refuses bien d'avouer que tu aimes Hugo Gilbert, toi ! C'est vrai que, s'il découvre que tu es un *tu-sais-quoi*, tu n'auras plus aucune chance avec lui !

J'en ai le souffle coupé. Comment est-il possible que cela arrive ? En l'espace de quelques instants,

Gaby et moi sommes passées de meilleures amies à deux espèces de folles qui se balancent des horreurs à la figure. Je voudrais tout reprendre à zéro. Je voudrais la serrer dans mes bras et lui demander pardon. Mais j'ai l'impression qu'il est trop tard.

La pluie s'intensifie. Autour de nous, les gens ouvrent leurs parapluies. Nous restons là, à nous faire tremper.

– Je m'en fiche, dis-je finalement, d'un ton ferme et convaincu. Je me fiche de ce que tu penses, Gaby.

– Pareil pour moi, Emma-Rose, répond-elle, les dents serrées.

Emma-Rose. Ça me fiche un coup. Gaby ne m'appelle jamais par mon prénom complet. Pour elle, je suis « Emma ». J'ai une boule dans la gorge :

– Parfait. Dans ce cas, je crois que je ne viendrai pas chez toi.

– Parfait, réplique-t-elle sèchement.

Ses yeux sont pleins de larmes… à moins que ce soit des gouttes de pluie ? Je répète, pour faire bonne mesure :

– Parfait !

Et je fais volte-face, si vite que je fonce pratiquement dans un parapluie. Je traverse la rue en tremblant. En sept ans d'amitié, Gaby et moi ne nous sommes jamais disputées comme ça.

– Tu peux m'oublier pour la décoration du gymnase ! crie-t-elle dans mon dos.

– Je n'ai pas besoin de toi, de toute façon !

Je me mets à courir, mes pieds martelant le trottoir et la pluie s'abattant sur moi. Je cours de toute ma puissance de vampire. Lorsque j'atteins mon immeuble, je suis hors d'haleine et trempée.

Alors, la gorge serrée, je songe à quelque chose : Gaby est la seule personne qui connaisse mon secret. Si on leur demande de choisir, Cathy et Padma se rangeront probablement du côté de Gaby. Et, si j'avouais qui je suis vraiment à mes nouveaux copains du conseil d'études, ils seraient sans doute horrifiés. Mes parents ne peuvent pas m'aider. Ma grand-tante est trop occupée à se transformer en chauve-souris, à attaquer des animaux sans défense et à fuir le soleil pour me parler.

Je pousse un profond soupir et entre dans l'immeuble.

Je vais devoir me débrouiller seule.

–9–

– Bonjourrr, ma jolie !

En ouvrant la porte de l'appartement, je fais presque une crise cardiaque. Margot est là. Elle s'avance vers moi, une luxueuse valise en cuir dans une main, et un grand parapluie noir dans l'autre.

Je me fige sur place, dégoulinante. Les gouttes de pluie coulent sur le paillasson de l'entrée. J'en oublie aussitôt Gaby et notre dispute.

C'est la première fois que je revois ma grand-tante depuis ce lundi soir fatidique. Je l'observe, à la recherche de signes rappelant l'inquiétante chauve-souris. Elle a le visage pâle, comme toujours, à l'exception de sa bouche rouge vif et de ses yeux bleu marine. Ses cheveux noirs sont remontés en chignon au sommet de sa tête. Elle porte un élégant imperméable noir, et des bottes à talons de la même couleur.

Pas d'ailes. Pas de dents pointues. Pour l'instant.

– Pourquoi as-tou peurrr ? demande Margot en souriant. Ce n'est que moi !

« Elle ne sait pas…, me dis-je. Elle ne sait pas que je sais… »

– Je… je… tu… Tu retournes en Roumanie ? finis-je par bredouiller en désignant sa valise.

Je suis à la fois inquiète et soulagée. Enfin, ma grand-tante est devant moi, prête à partir. C'est le moment idéal pour lui poser les questions qui me hantent. D'un autre côté, j'aimerais qu'elle disparaisse, emmenant avec elle tous les problèmes qu'elle a causés.

– Pas encorrre, ma belle, répond-elle en s'approchant de moi.

J'ai un mouvement de recul, qu'elle ne semble pas remarquer. Elle m'embrasse sur la joue. Ses lèvres sont glacées.

– Je pars seulement dans oune cure thermale, pour quelques jourrrs, explique-t-elle. En Pennsylvanie[1].

Je songe soudain que le mot « Pennsylvanie » ressemble beaucoup à « Transylvanie ».

J'entends alors un gémissement. Bram est à l'autre bout du couloir, près de la chambre de mes parents. De toute évidence, il attend que Margot déguerpisse.

– Je vais me reposer et me refairrre une beauté avant la soirée d'inauguration, poursuit Margot. Tes parents sont au courrrant. Ils sont au restaurant avec des amis, ce soir.

---

1 La Pennsylvanie est un État situé au nord-est des États-Unis.

– Attends, Margot !

J'ai presque crié. Ma grand-tante hausse les sourcils :

– Oui ?

J'ouvre la bouche. Un million de questions se bousculent dans ma tête.

« Qu'est-ce que vous faites, chaque nuit, tes chauves-souris et toi ? Est-ce que tu sors maintenant parce qu'il pleut ? Est-ce que tu es douée au volley-ball ? Quand vais-je devenir un véritable vampire ? »

Mais les mots ne viennent pas. Tout ce que je réussis à dire, c'est :

– Quand… quand… Tu penses que tu vas passer une bonne semaine ?

Moi qui me croyais brave, capable d'affronter les choses !

– Sûrrrement, ma jolie ! répond-elle en ouvrant la porte. Tou dois te reposer, toi aussi. Vendredi serrra un grand soir pour toi !

Et elle sort de l'appartement avant que je puisse lui dire que je n'irai pas à l'inauguration. Un nuage de parfum fleuri flotte dans son sillage. Bram aboie, comme pour dire : « Bon débarras ! » Je reste plantée là, dans mes vêtements mouillés, des questions sans réponses plein la tête.

– Je peux vous demander quelque chose ?

Nous sommes le lendemain, et je me trouve à la bibliothèque de mon quartier. Je me suis réveillée déprimée, en pensant à toutes les informations que j'aurais dû soutirer à Margot. Je me suis aussi imaginé comme Gaby et Cathy doivent s'amuser sans moi. Quand ma mère m'a vue en train de broyer du noir, elle m'a suggéré de faire quelque chose de « productif ». Alors, je me suis rappelé que je devais aller à la bibliothèque pour avancer sur le devoir d'éducation civique. Ce n'est pas l'occupation la plus rigolote pour un samedi, mais c'est sans doute ce qui arrive quand on est un vampire qui a perdu sa meilleure amie.

Le bibliothécaire, un jeune homme maigrichon avec des lunettes à monture noire, lève les yeux de son écran.

– Oui ? demande-t-il d'une voix forte.

Je suis étonnée : je croyais que les bibliothécaires étaient obligés de chuchoter.

– Je cherche des livres sur la Trans… sur la Roumanie, dis-je tout bas.

De nouveau, sa réponse sonne bruyamment dans le silence de la bibliothèque. J'ai envie de rentrer sous terre. Il désigne des rayonnages situés un peu plus loin. Je remue les lèvres sans émettre un son : « Merci. »

Me dirigeant vers les étagères, je m'arrête soudain. Parmi toutes les choses cruelles que Gaby m'a balancées hier, une en particulier me tourne dans la tête : « Ce n'est pas parce que tu as lu ça sur un site Web… » Je déteste l'admettre, mais mon ex-meilleure amie n'a peut-être pas tort. J'ai basé toutes mes théories sur les informations d'un unique site Web. Mme Grimm n'a-t-elle pas affirmé qu'Internet n'est pas toujours la référence la plus fiable ? Sans doute les vieux volumes poussiéreux de la bibliothèque contiendront-ils des réponses... Du moins, c'est ainsi que ça se passe dans *Harry Potter*.

Je retourne voir le bibliothécaire et, me penchant vers lui, je murmure :

– Et où puis-je trouver des ouvrages sur les vam... vampi...

Je n'arrive pas à prononcer le mot.

– Sur les vampires ? clame-t-il en retour. Là-bas.

Et il désigne des étagères tout au fond de la salle.

J'observe les gens assis autour des tables, en retenant mon souffle. Je suis certaine qu'ils vont se mettre à me dévisager en agitant des gousses d'ail dans les airs. Pourtant, rien ne se passe : les gens continuent de fixer leur livre ou leur ordinateur portable. Je pousse un soupir de soulagement.

Je pars d'abord consulter les ouvrages sur la Roumanie. Cependant, j'ai du mal à me concentrer : je suis obnubilée par les informations concernant les vampires qui m'attendent à l'autre bout de la pièce. Je repasse donc rapidement devant « M. Grosse-Voix » et me dirige vers la section des vampires.

Ici, la lumière semble plus tamisée. Mon cœur se met à battre plus vite. Le nom de ce département est : *Folklore et légendes*. J'ai l'impression d'entendre des bruits de pas de l'autre côté de l'étagère.

Est-ce mon imagination ? Je préférerais être seule dans ce petit coin…

Il y a des livres sur les zombies, les revenants, les licornes et les sirènes. Enfin, je trouve trois ouvrages traitant des vampires. Le premier s'intitule : *Dans le sang : mythes et vérités sur les vampires*, le second : *Sur les dents : les vampires dans la littérature et la culture populaire.* Un dernier, enfin, porte simplement le titre : *Le vampyre.* Il est si vieux que sa couverture rouge foncé est craquelée et que les lettres se décollent.

Je décide de les prendre tous les trois. Je les soulève avec peine, songeant qu'ils pèsent une tonne, quand j'entends une voix taquine et familière s'élever derrière moi :

– Tu veux de l'aide, Blanche Blanchard ?

Les livres m'échappent des mains et tombent sur le sol dans un grand fracas. Les gens assis autour des tables se retournent pour me jeter des regards agacés. M. Grosse-Voix a même le culot de porter un doigt devant sa bouche en disant : « Chut ! »

Hugo Gilbert s'approche de moi, les yeux pétillants.

– On dirait bien que oui ! ajoute-t-il.

Mes joues me chauffent tellement que j'ai peur qu'elles prennent feu.

« Hugo Gilbert ? »

C'est bien la dernière personne que je m'attendais à croiser à la bibliothèque ! Je voudrais m'esquiver pour envoyer un texto à Gaby et lui raconter cette rencontre inopinée… Dommage que nous soyons en froid.

– Non, je n'ai pas besoin d'aide, finis-je par chuchoter sur un ton mortifié.

Mais Hugo s'est déjà accroupi pour ramasser mes livres.

– Qu'est-ce que tu lis ? demande-t-il en observant les titres. *Dans le sang* ? *Le vampyre* ?

Prise de panique, je souffle :

– Arrête !

Et j'essaie de reprendre les livres. Seulement, il les tient hors de ma portée. Je ne vais tout de même pas faire une scène ! Alors, j'abandonne. Il se relève, un sourire triomphant sur les lèvres.

– Qu'est-ce que tu fiches ici ? lui dis-je, les dents serrées. Tu ne devrais pas être à un entraînement de foot, ou un truc du genre ?

– Pas aujourd'hui, répond-il tranquillement en glissant mes livres sous son bras tout en ajustant les lanières de son sac à dos. Je suis venu faire des recherches pour le devoir d'éducation civique. Mais j'ai terminé, alors je venais voir s'il y avait quelque chose d'intéressant dans ce rayon.

Deux livres dépassent de son sac à dos ouvert. L'un parle de la France, l'autre de la Russie.

– Tu… tu t'intéresses aux légendes et au folklore ?

Je n'essaie même pas de cacher ma surprise. Comme toujours, il porte un sweat à capuche, un pantalon kaki et des baskets à la mode. Je pensais qu'il ne s'intéressait qu'au sport, aux jeux vidéo et à sa popularité. En fait, je le connais très peu.

– Oui, beaucoup, réplique-t-il avec un sourire.

Je m'aperçois soudain que c'est la première fois qu'il ne me parle pas sur un ton moqueur.

– Tu devrais voir la collection de films d'épouvante que j'ai chez moi ! ajoute-t-il. Euh... je veux dire...

Il baisse les yeux et contemple ses pieds.

Je l'observe en plissant les paupières, perplexe. Est-ce qu'il a... rougi ? Non. C'est impossible. Est-ce une invitation à venir chez lui ? Non. C'est impossible.

– J'ai aussi une tarentule, poursuit-il en relevant les yeux. Mais tu détestes probablement les tarentules, non ?

Il semble embarrassé d'en avoir révélé autant sur lui.

– Non, dis-je en haussant les épaules. Je les trouve intéressantes.

« Du moment qu'aucun membre de ma famille ne se transforme secrètement en tarentule... »

– Vraiment ? s'exclame-t-il. Je croyais que toutes les filles étaient dégoûtées par les insectes. Alexandra l'est, en tout cas.

Le ton agacé sur lequel il a prononcé son prénom m'étonne. Se pourrait-il qu'il ne soit pas l'un de ses admirateurs ? Voilà une autre surprise ! J'ai toujours pensé qu'il l'aimait bien. Et, même, qu'il était amoureux d'elle.

– Je suis très différente d'Alexandra, au cas où tu ne l'aurais pas remarqué…

Je ne peux pas m'empêcher de sourire. En mon for intérieur, je pense :

« Est-ce que je suis vraiment en train d'avoir une conversation avec Hugo Gilbert ? Ou est-ce que je suis juste en train d'imaginer tout ça ? »

Ce n'est peut-être pas la chose la plus étrange qui me soit arrivée cette semaine, mais ça s'en approche…

– J'ai remarqué ! s'esclaffe-t-il. Toi, tu as eu une bonne idée pour Halloween !

– Hum… merci.

Mon cœur semble faire une pirouette dans ma poitrine. Je baisse les yeux vers mes chaussures, mes cheveux dans la figure. Est-ce qu'il vient de me faire un compliment ? Bizarre.

– C'est pour ça que tu as pris ces livres ? demande-t-il. Pour Halloween ?

Je me dandine d'un pied sur l'autre :

– Ouais. Mais je pourrais aussi les utiliser pour mon devoir de généalogie.

Il désigne du menton une petite table dans un coin derrière nous :

– Tu veux t'asseoir ?

– Euh… oui.

La surprise suivante, c'est que Hugo Gilbert porte mes livres jusqu'à la table. Je m'attends à ce qu'il se remette à me taquiner, mais il reste poli, charmant même. Presque comme un ami. Est-ce parce que je lui ai crié dessus hier, lorsqu'il m'a appelée Blanche Blanchard ? Ou parce qu'il agit différemment (plus gentiment) lorsqu'il est loin du collège et de sa bande de copains ?

Je m'attends aussi à ce qu'il ne tarde pas à s'en aller, pour rejoindre Tim ou quelqu'un d'autre et aller au cinéma, par exemple. Mais il reste là, à observer les couvertures de mes livres.

– Alors, comme ça, tu es fascinée par les vampires, commente-t-il avec un sourire.

Je déglutis péniblement et replace une mèche de mes cheveux derrière mon oreille :

– Disons que c'est un sujet qui... euh... me touche.

J'espère qu'il n'entend pas les battements de mon cœur.

Il hoche la tête, puis, une étrange lueur dans ses yeux verts, jette un coup d'œil par-dessus son épaule en s'approchant de moi :

– À propos de vampires...

Je me sens encore rougir.

– Je n'ai jamais raconté ça à personne, poursuit-il. Tu veux entendre un truc incroyable ?

– Bien sûr, dis-je d'une toute petite voix.

Que pourrait-il me raconter de plus incroyable que ma propre histoire ?

– Est-ce que tu as entendu parler des écureuils et des oiseaux morts qu'on retrouve chaque matin dans Central Park ?

J'acquiesce avec l'impression que je vais m'évanouir d'une seconde à l'autre.

– Eh bien, j'ai une théorie, continue-t-il. Je sais que c'est une idée complètement folle, mais on dirait que ces animaux ont été attaqués par des vampires. À cause des morsures : deux trous dans le cou. C'est bien la signature des vampires, non ?

Les étagères se mettent à tournoyer autour de moi. J'ai les mains et les pieds glacés.

– Les gens prétendent que le coupable est un faucon, poursuit Hugo, les yeux écarquillés. Mais bien sûr que non ! Un faucon ne laisserait pas de telles marques ! Je suis certain que… qu'il y a des vampires à Manhattan.

Sans prévenir, le sang quitte mon visage, mon corps s'affaisse et je m'affale sur ma chaise.

Hugo fronce les sourcils :

– Hé, ça va ? Je ne voulais pas te faire peur. C'est bien pour ça que je n'en ai parlé à personne. J'ai cru que tu comprendrais, puisque tu es passionnée par les vampires, mais…

– Je comprends…, lui dis-je.

– Vraiment ?

Son regard a l'air si franc, si sincère ! Parmi les surprises de cette journée, la plus grande est sans doute que j'ai soudain l'impression de pouvoir me confier à Hugo Gilbert.

Toute la bravoure que j'ai ressentie au collège hier m'envahit de nouveau. Peut-être ne suis-je pas entièrement seule, même si Gaby n'est plus à mes côtés ? Peut-être puis-je partager mon secret avec la personne la plus inattendue qui soit ?

Je prends une grande inspiration. Et si je commettais une terrible erreur ? Si Hugo allait tout raconter à Alexandra, Ève, Tim… à tout le collège ? Seulement, je suis prête à courir ce risque. Quelque chose me dit qu'il va me croire, qu'il va croire ce que je m'apprête à lui confier…

– Je comprends, parce que je suis un vampire.

– 10 –

Tout d'abord, Hugo reste silencieux. Il pose son sac et s'assied en face de moi. Puis il plante les coudes sur la table et me chuchote, avec un regard sérieux :

– Raconte-moi tout.

J'ai peur que ma voix déraille. Je fouille dans mon sac pour en sortir mon cahier d'éducation civique et un stylo. Pendant que Hugo attend, j'écris chacun des événements survenus au cours de cette incroyable semaine. Je ne mentionne toutefois ni ma dispute avec Gaby ni ma victoire au volley-ball. Je me concentre sur les détails qui concernent ma grand-tante Margot. J'ignore pourquoi, mais mettre tout cela par écrit me donne une impression de légèreté, presque de liberté. Ça me fait autant de bien que le dessin.

Quand j'ai terminé, je remue les doigts pour les dégourdir et je pousse le cahier vers Hugo. Il lit attentivement. Ses yeux verts parcourent le texte rédigé de mon écriture bâclée. Je l'observe en retenant mon souffle.

J'ai peur que, comme Gaby, il ne croie pas un mot de cette histoire de chauves-souris, de dynastie ancienne et de Transylvanie. Je crains qu'il éclate de rire, fasse sortir Alexandra d'un coin et me dise, de son habituel ton narquois, que tout cela était une blague. Ou alors qu'il pâlisse, se lève d'un bond et s'éloigne, chancelant et dégoûté.

Dès qu'il a fini de lire, il me rend le cahier. Il me fixe droit dans les yeux et demande :

– Il faudrait que nous arrivions à savoir à partir de quand tu risques de devenir un véritable vampire.

Le fait qu'il ait dit « nous » me donne envie de lui sauter au cou. Heureusement, je résiste à mon impulsion. J'arrache la feuille de papier, la chiffonne et l'enfouis tout au fond de mon sac :

– Merci.

J'espère qu'il voit sur mon visage à quel point je lui suis reconnaissante.

– Merci de ne pas t'être sauvé en courant.

– Tu veux rire ? répond Hugo, les yeux brillants d'excitation. J'ai toujours su que ces choses existaient vraiment. Même si je n'en ai jamais parlé avec mes amis. Un jour, j'ai juste demandé à Tim s'il croyait aux fantômes, et il m'a dit d'arrêter de faire l'imbécile.

– C'est vrai que tu fais souvent l'imbécile… Mais, bon, ce n'est pas la question…

C'est amusant de le taquiner un peu à mon tour.

Il sourit :

– Hé, toi ! Ce n'est pas parce que tu es un vampire novice que tu peux tout te permettre !

Je relève :

– Un vampire novice ? C'est ça que je suis ?

– Je crois, oui, confirme Hugo en prenant le livre intitulé *Dans le sang*. J'ai lu un ouvrage du même genre, l'an dernier. L'auteur parlait des vampires qui ne sont pas encore adultes ; il les appelait les « novices ».

Il feuillette le livre en ajoutant :

– Je n'en suis pas certain, mais je crois me souvenir qu'il évoquait une espèce de rituel ou de cérémonie au cours de laquelle les novices deviennent de véritables vampires en se métamorphosant en chauves-souris ou autre chose…

Un frisson me parcourt l'échine :

– Vraiment ? Peut-être qu'un de ces livres en parle ?

– On n'a qu'à vérifier, conclut Hugo d'un ton déterminé.

Dissimulés dans notre recoin poussiéreux de la bibliothèque, Hugo et moi nous plongeons chacun dans un ouvrage. Lorsque nous trouvons des détails intéressants, nous nous les échangeons.

Dans le sang parle surtout des nombreux films et livres sur les vampires, parus à différentes époques. Hugo me précise qu'il possède la plupart de ces DVD et me propose de les visionner un jour prochain, afin de poursuivre notre recherche.

Sur les dents ne nous apprend pas grand-chose de plus que le site Web que j'ai consulté. J'y découvre toutefois que les vampires transformés en chauves-souris ont les yeux rouges, et que le mot roumain pour désigner un vampire est *nosferatu*, ce qui, je trouve, sonne de façon encore plus terrifiante.

Mais c'est dans les pages jaunies et fragiles du livre *Le vampyre* que nous trouvons la meilleure piste. Il contient un chapitre intitulé : *Les dynasties de Transylvanie*. Hugo rapproche sa chaise pour lire avec moi.

Le chapitre évoque d'abord la mystérieuse beauté des montagnes des Carpates, puis il aborde les anciennes lignées de vampires de la région. Je suis si fascinée que j'en oublie d'être troublée par la proximité de Hugo. De toute façon, il n'y a pas de raison de s'exciter. N'est-ce pas ?

À la deuxième page, Hugo pousse une exclamation étouffée. Il désigne un paragraphe qui me glace le sang :

Chaque vampire passe le très important Rituel Nocturne. Les novices reçoivent une convocation à cet ancestral rite d'initiation, et ils sont dans l'obligation d'y assister. C'est là, parmi des légions de vampires, qu'ils se transforment pour la première fois en grandes chauves-souris ailées...

– C'est ça ! s'exclame Hugo en oubliant de chuchoter. C'est le rituel dont je parlais !

– Le Rituel Nocturne...

Ce nom me fait frissonner. Notre recoin de la bibliothèque me paraît soudain plus sombre et plus frais qu'auparavant.

De l'autre côté de la salle, le bibliothécaire, M. Grosse-Voix, s'éclaircit la gorge et jette un coup d'œil dans notre direction. Hugo et moi le regardons, puis nous haussons les épaules avant de nous replonger dans notre lecture :

Présidé par l'Impératrice des vampires, le Rituel Nocturne se déroule la nuit de la deuxième pleine lune d'automne. Cet événement secret est entouré de mystère : il se tient dans un pays lointain, différent chaque année. Treize ans doivent s'écouler avant qu'il se tienne de nouveau au même endroit. Il a souvent lieu au beau milieu d'un bal ou d'une célébration. Si des imposteurs humains sont présents, ils sont aussitôt identifiés, car ils ne peuvent pas se métamorphoser en chauves-souris.

– C'est du sérieux ! commente Hugo.

Je me cale contre le dossier de ma chaise, essayant d'absorber toutes ces informations :

– Dans un pays lointain ? Comment suis-je censée me rendre à ce rituel ? En avion ?

– C'est un pays qui se trouve loin *de la Transylvanie*, précise Hugo en soulignant le texte du doigt. Ça peut être n'importe où. Même ici, à New York.

Un vague souvenir me revient à l'esprit. Un détail qu'une personne a mentionné récemment, au sujet de New York, il y a treize ans… Qu'est-ce que c'était, déjà ? Je ferme les yeux et tente de retrouver la mémoire.

– À quoi tu penses ? me demande Hugo.

– Je pense que vous dérangez tout le monde !

M. Grosse-Voix nous a fait sursauter. J'ouvre les yeux et le vois qui se dresse face à nous, l'air désapprobateur.

– Vous devez parler beaucoup moins fort dans une bibliothèque, nous rabroue-t-il en nous menaçant du doigt. Je suis dans l'obligation de vous demander de continuer votre petite discussion ailleurs.

« Il est sérieux ? »

Hugo et moi échangeons un coup d'œil. L'homme qui a la voix la plus bruyante de la planète nous accuse de faire trop de bruit ? Si cela n'interrompait pas nos recherches, ce serait presque drôle !

– Désolé, bredouille Hugo en dissimulant son sourire.

Nous nous levons et rassemblons nos affaires. Dans l'ascenseur qui nous ramène au rez-de-chaussée, nous ronchonnons contre M. Grosse-Voix. Hugo emprunte les livres pour son projet de généalogie ; moi, *Le vampyre*.

Lorsque nous sortons de la bibliothèque, le ciel est d'un bleu lumineux. Tandis que Hugo et moi traversons la route, je sors mes lunettes de soleil de mon sac. Mais, avant de les mettre, j'aperçois quelque chose qui me paralyse.

Au coin de la rue se trouve un kiosque à journaux, sur lequel est placardée une grande affiche publicitaire. On peut y lire, sur un fond orange et noir :

Chauves-souris, opossums et hiboux, hou, hou !
Venez découvrir
les créatures de la nuit !
Ouverture le 1er novembre
au Musée d'histoire naturelle,
à l'angle de la 79e rue et de Central Park Ouest

Mon pouls s'accélère.

L'exposition. Margot. Les chauves-souris. New York.

Voilà ce que j'essayais de me rappeler ! Une conversation à propos de tante Margot ! Jeudi matin, ma mère m'a dit que Margot était déjà venue à New York, il y a treize ans.

Treize ans.

Et la vieille dame du journal télévisé ! N'a-t-elle pas parlé d'attaques similaires dans Central Park il y a treize ans ?

Je me mets à trembler. C'est bien cela. Il n'y a aucun doute.

– Hé, qu'est-ce qui t'arrive ?

Je me tourne vers Hugo :

– Je pense… je pense que je viens de comprendre quelque chose.

Sans un mot, nous allons nous asseoir sur un banc. Je sors le livre de mon sac. Je l'ouvre et lis à voix haute :

– Treize ans doivent s'écouler avant qu'il se tienne de nouveau au même endroit. Il a souvent lieu au beau milieu d'un bal ou d'une célébration.

Je fixe Hugo, remplie de crainte et d'excitation mêlées :

– Hugo, ma grand-tante est venue à New York il y a treize ans. Je suis certaine qu'il y avait d'autres vampires avec elle. J'ignore quel genre de cérémonie ou de bal a eu lieu à l'époque, mais je sais qu'elle va assister à une grande célébration cette semaine ! La soirée d'inauguration de l'exposition « Créatures de la nuit », qui aura lieu le soir d'Halloween au Musée d'histoire naturelle !

Les yeux d'Hugo s'écarquillent.

– Halloween ? souffle-t-il. Il va y avoir une lune de sang, ce soir-là !

Je croise les bras pour les empêcher de trembler :

– Qu'est-ce que c'est, une lune de sang ?

– C'est ainsi qu'on appelle parfois la pleine lune, en octobre ou en novembre, parce qu'elle prend une couleur rougeâtre. Et, comme il y a déjà eu la pleine lune début octobre, celle du 31 sera *la deuxième pleine lune de l'automne* !

Nous nous fixons en silence, bouleversés. Tout concorde. Absolument tout. L'inauguration fournira la distraction idéale. En outre, le musée est immense, rempli de recoins où se cacher… Mon esprit s'emballe. Je revois toutes les salles du musée. Celle des dinosaures, des dioramas, de la grande baleine bleue, du planétarium…

Où se déroulera le rituel ?

– Attends une minute, intervient Hugo, interrompant le cours de mes pensées. Tu n'aurais pas dû recevoir une convocation ?

J'imagine un élégant carton d'invitation, envoyé par la poste, avec les mots : *Vous êtes cordialement invitée au Rituel Nocturne* inscrits en lettres de sang. Je tressaille.

– Est-ce que ta grand-tante t'a parlé de l'inauguration ?

Je soupire :

– Je ne lui ai pas beaucoup parlé. Juste à son arrivée, puis hier après-midi, lorsqu'elle…

Je ne finis pas ma phrase. Qu'a dit Margot, hier, juste avant de partir ? « Vendredi serrra un grand soir pour toi ! » L'espace d'une seconde, mon cœur cesse de battre. Je pensais qu'elle faisait seulement référence à la soirée d'inauguration, mais elle parlait sûrement d'autre chose…

Je répète ces paroles à Hugo.

– C'était bien ta convocation, décrète-t-il. Maintenant, il n'y a plus de doute.

Je hoche la tête, hébétée. Puis je regarde mon bras. Bientôt il se transformera en aile noire et luisante. Je touche ma joue. Qui se trouvera sous peu sur la face d'une chauve-souris. Je tâte mes canines du bout de ma langue, en les imaginant pousser et s'effiler… Tout cela va donc vraiment se produire. Je vais devenir un véritable vampire. Tu parles d'un grand soir !

– C'est dément..., murmure Hugo.

Il a l'air de trouver géniale l'idée que je sois plongée dans une telle aventure. Moi, j'ai du mal à savoir ce que je ressens.

– Est-ce que tu vas aller seule au musée ? demande-t-il. Il faudrait peut-être que des amis t'accompagnent pour... veiller sur toi ?

– Peut-être.

« Attends... »

Avec tous ces événements, j'ai totalement oublié un détail. À nouveau, mon cœur se serre.

– Il y a un hic, dis-je en me calant contre le dossier du banc.

– Lequel ?

– La fête d'Halloween. Elle a lieu au même moment que l'inauguration. Et tu as entendu Alexandra ? Maintenant que je suis responsable de la décoration, je dois absolument être présente.

– Mais tu ne peux pas manquer le Rituel Nocturne ! s'écrie Hugo.

Il m'arrache le livre des mains et poursuit :

– Il est écrit ici que les novices sont dans l'obligation d'y assister.

Je pousse un grognement et enfouis le visage dans mes mains :

– Je sais !

Toujours le même dilemme...

– À moins que..., commence Hugo.

Je l'observe, pleine d'espoir.

– À moins que tu n'installes les décorations à toute vitesse, avant de courir au musée. Ce n'est qu'à deux pâtés de maisons du gymnase.

Je repousse ma frange de mon front, indécise. Comment pourrais-je réussir à transformer le gymnase en décor hollywoodien, puis arriver à temps à mon initiation de vampire, surtout sans l'aide de Gaby ?

– Je pourrai t'aider, propose Hugo.

– Vraiment ?

– Je ne suis pas doué pour la décoration, mais je peux essayer. Et je m'occuperai de distraire Alexandra avec des questions de vice-président quand tu devras t'éclipser !

Je fronce les sourcils. Je lui suis reconnaissante, mais je reste perplexe. Je décide d'être franche — décidément, la nouvelle Emma-Rose parle sans détours !

– Je ne comprends pas. Pourquoi… pourquoi tu es si sympa avec moi ? À l'école, tout ce que tu fais, c'est te moquer de moi et m'appeler Blanche Blanchard.

Il rougit et passe une main dans ses cheveux en arborant une expression troublée.

– Je… euh… J'aimerais bien savoir ce qui va t'arriver, balbutie-t-il sans vraiment répondre à ma question.

Puis il jette un coup d'œil à sa montre :

– Bon, je dois retrouver Tim au parc pour une partie de foot.

Je regarde la mienne et m'exclame :
– Oh, là, là ! Je dois rejoindre mon père ! Il est sûrement en train de m'attendre devant la bibliothèque !
Nous nous levons et Hugo me tend le livre :
– Alors, bonne chance. On pourra s'en reparler au collège.
– D'accord, dis-je, encore surprise de la tournure des événements.
Je le salue de la main et m'apprête à partir, quand il lance :
– Hé, Emma-Rose !
Je me retourne vers lui.
– Je ne raconterai rien à personne, promet-il avec une expression solennelle.
« Emma-Rose ? »
Je cligne des yeux.
« Il m'a appelée Emma-Rose ? »
– Merci, dis-je d'une voix étranglée avant de tourner les talons.
J'ai le cerveau en ébullition. C'est la première fois que Hugo Gilbert m'appelle par mon vrai nom.
Mais je n'ai pas le loisir de penser à lui. J'ai des problèmes plus importants à régler. Comme, par exemple, le fait que, dans moins d'une semaine, ma vie va changer pour toujours.

-11-

Un brouillard complet. Voilà à quoi ressemblent les jours qui précèdent Halloween.

Le dimanche, j'essaie de lire *Le vampyre*. Mais, chaque fois qu'il est question du Rituel Nocturne, je deviens si nerveuse que je referme le livre. Puis j'écris un mail à Gaby, mélange d'excuses et de reproches, mais je ne trouve pas le courage de le lui envoyer. Enfin, j'esquisse quelques croquis, des portraits qui ressemblent plus ou moins à Hugo Gilbert.

Le lundi matin, je suis réveillée par un *BIP !* émis par mon téléphone portable. C'est un texto de Gaby. À ma grande déception, elle ne s'excuse pas. Elle m'envoie même le message le plus glacial de toute l'histoire du texto : *Je ne viendrai pas te chercher.* Je lui réponds aussitôt, en appuyant si fort sur les touches de mon téléphone que je manque de le broyer : *Parfait !* Comme elle veut avoir le dernier mot, elle réplique : *Parfait !*

Je suis dans une telle furie que j'avale mes saucisses tout rond. Lorsque mes parents me demandent ce qui ne va pas, je leur réponds seulement que Gaby et moi avons eu « un différend ». Je ne veux pas les tracasser avec mes histoires. D'autant que, bientôt, ils auront à temps complet un vampire sous leur toit.

« Est-ce que je serai un danger pour eux ? »

C'est la question qui me taraude tandis que je marche vers l'école à côté de mon père mais en gardant une distance raisonnable entre nous. Je ne mordrai pas mes propres parents, tout de même ? Et, si je le fais, devront-ils m'enfermer dans une cage, comme les chauves-souris de Margot ?

« Si je ne vis plus que la nuit, comment je ferai pour aller en cours ? »

Mon père et moi nous séparons au coin d'une rue. Je le salue de la main, puis je m'avance vers le collège.

Ma vie va bientôt changer et, comparée à ce qu'elle va devenir, ma dispute avec Gaby semble bien anodine.

Au collège, Gaby et moi nous évitons. C'est facile, puisque nous ne sommes pas dans la même classe. Padma et Cathy me lancent des regards circonspects. Leurs commentaires se résument à : « J'espère que vous allez bientôt vous réconcilier ! » et « Ce sera bizarre si Gaby et toi n'êtes plus amies ! »

À midi, je résous le problème de tout le monde en passant devant la table des filles — Gaby fait mine d'être absorbée dans la contemplation de son tofu — pour aller m'asseoir avec Zora, Janie et Matt, du conseil d'études. Je me plonge dans une conversation au sujet de la fête de vendredi en essayant d'oublier l'autre soirée qui aura lieu ce jour-là.

Après l'école, je ne suis pas surprise de constater que Gaby ne vient pas à la réunion du conseil d'études. Elle n'est donc pas là pour entendre Hugo m'appeler Emma-Rose (une deuxième fois !) lorsqu'il fait l'appel. C'est toutefois la seule trace qui reste de notre rencontre de samedi. Pendant toute la réunion, il reste silencieux. Alexandra aussi, d'ailleurs. Elle paraît anxieuse, surmenée. Zora, Matt, Janie et moi sommes pratiquement les seuls à prendre la parole.

Le mardi et le mercredi se déroulent à peu près de la même manière. Ce qui est incroyable, c'est que, malgré mon esprit brumeux, ma métamorphose en la nouvelle Emma-Rose se poursuit. À croire que mes capacités se développent à mesure que mon initiation approche. En cours de sport, je réussis des services et des smashes admirables. La prof me prend même à part pour me demander si j'aimerais passer l'épreuve de sélection pour entrer dans l'équipe du collège.

Mais je ne peux partager aucune de ces victoires avec Gaby. Nous ne sommes jamais restées aussi longtemps sans nous parler. Pour moi, c'est très étrange.

Le mercredi soir, dans mon lit, je pense à Gaby. Je songe que je perdrai peut-être tous mes amis quand je serai devenue une créature de la nuit. À moins que je rencontre de nouveaux camarades aux dents pointues ?

Soudain, j'entends quelqu'un qui déverrouille la porte d'entrée. Je me redresse sur mon lit. Mes parents sont couchés depuis longtemps. Je me lève discrètement pour jeter un coup d'œil dans le couloir. C'est bien ma grand-tante. Elle se dirige vers sa chambre, une valise à la main. Elle ne me voit pas.

Sous le rayon de clair de lune qui entre par la fenêtre, je constate qu'elle est moins blafarde que d'habitude.

« Dans quelle sorte de cure thermale est-elle allée ? »

Un paradis pour vampires, avec de délicieuses boissons à base de sang et de confortables cercueils pour dormir dans la cave ? Est-ce que j'irai à cet endroit, moi aussi, en temps voulu ?

Je retourne me coucher et m'efforce de rester éveillée pour épier Margot. Mais le sommeil me gagne, et je plonge de nouveau dans un cauchemar peuplé d'yeux rouges. La terreur que j'éprouve, elle, est bien réelle.

« On est jeudi », me dis-je en me réveillant, couverte de sueur.

Pas étonnant que j'aie fait un cauchemar ! J'aimerais envoyer un texto à Gaby pour le lui raconter, mais je ne suis pas prête à faire le premier pas.

Au collège, j'espère quand même la croiser dans les couloirs. Le midi, je m'assois avec mes copains du conseil, mais j'écoute à peine Janie annoncer qu'elle a téléchargé des bruits sinistres sur son iPod pour la fête.

Quand je jette un coup d'œil par-dessus mon épaule, Cathy et Padma m'adressent un petit signe de la main. Gaby, elle, m'ignore et continue de planter sa fourchette dans sa salade.

En arrivant dans la salle 101 après les cours, je reste stupéfaite : Gaby est à sa place habituelle. Je vais m'installer à côté d'elle, sans la regarder. Lorsque je sors mon cahier et mon stylo, elle se penche sur la table, comme avant. *Je te trouve immature*, note-t-elle de son écriture soignée.

Je pousse un soupir. Quel culot !

J'écris à mon tour : *Moi ? C'est toi qui as monté nos amies contre moi !*

CE N'EST PAS VRAI ! répond-elle. *C'est toi qui as décidé de ne pas t'asseoir avec nous le midi !*

L'encre de son stylo bave sur la feuille, et ses joues tournent au rose vif. Je m'empare du crayon pour rétorquer quand Alexandra hurle en faisant claquer son maillet :

– Silence !

Je ne peux pas résister : je jette à Gaby un coup d'œil entendu. Malgré notre dispute, nous nous posons la même question : la pression de son rôle de présidente ferait-elle défaillir notre princesse Alexandra Lambert ?

Elle lance un regard méprisant dans ma direction, puis nous rappelle que la fête aura lieu demain. Elle demande ensuite à Hugo de faire l'appel. Je me redresse, impatiente que Gaby l'entende prononcer mon nom. Mais Hugo, qui est assis au premier rang, les jambes étendues devant lui, ne se lève pas.

– J'ai réfléchi, Alexandra, déclare-t-il. Est-ce qu'il faut vraiment faire l'appel à chaque fois ? Si des gens ne peuvent pas venir de temps en temps, ce n'est pas si grave… N'est-ce pas ?

On entend des murmures et des chuchotements. La rébellion se prépare…

Alexandra semble horrifiée. Une fois de plus, Mme Grimm évoque le « processus démocratique » et nous demande de voter sur cette question. Seuls deux votes sont en faveur de l'appel : celui d'Alexandra et le mien.

Alexandra en est si ébranlée qu'elle clôt la séance de manière anticipée et sort d'un air théâtral, Ève sur les talons. Les autres membres du conseil sont ravis : nous allons pouvoir profiter de cet après-midi de liberté. Je suis en train de prendre mon sac à dos quand Hugo s'approche de moi :

– Salut !

– Oh, salut ! dis-je, rougissante, en replaçant une mèche de cheveux derrière mon oreille.

– Je voulais… euh… te remercier, ajoute Hugo en souriant.

– Pourquoi ?

Je suis si nerveuse que je triture mon stylo entre mes doigts. Je devine que Gaby, à côté de moi, tend l'oreille.

– Pour m'avoir incité à tenir tête à Alexandra, répond-il. On a facilement tendance à oublier qu'elle n'est pas le chef de tous les cinquièmes de ce collège !

Je hoche la tête, heureuse que Hugo reconnaisse mon influence. Mais va-t-il continuer de faire comme s'il ne s'était rien passé samedi ?

– Alors, est-ce que tu… es prête pour demain ? demande-t-il à voix basse.

Je mens, l'estomac noué par l'angoisse :

– Oui, bien sûr.

– Bon…, réplique-t-il, dubitatif.

Il hausse les épaules et enfonce les mains dans ses poches, puis s'éloigne pour aller retrouver Tim.

Dès qu'il est parti, Gaby me tape sur l'épaule, les yeux emplis de curiosité :

– De quoi parlait-il ?

Je meurs d'envie de tout lui raconter, mais il y a trop de monde autour de nous. De plus, je suis encore vexée par notre échange de messages.

– Rien, dis-je froidement. Tu ne me croirais pas, de toute façon.

Ce soir-là, je dîne seule avec mon père. Maman et Margot sont restées au musée pour préparer la soirée d'inauguration. Pendant que je picore dans mon assiette de pâtes, il me demande quel costume j'envisage de porter pour Halloween (mes parents ne savent pas encore que je vais passer à l'inauguration).

Préoccupée par le Rituel Nocturne et ma transformation, je n'ai toujours pas choisi mon déguisement. Je n'ai plus le temps de préparer celui d'Hermione gothique. Alors, après le souper, je fouille ma chambre pour trouver d'autres idées.

Quand je retourne mon sac à dos, deux objets en tombent : le mot chiffonné que j'ai écrit à Hugo, et le dentier en plastique offert par Gaby. Debout dans ma chambre, la feuille de papier et le dentier dans les mains, je comprends soudain que la réponse est là depuis le début.

Je vais me déguiser en moi-même.

*

* *

Le vendredi matin, il fait gris et humide : un temps idéal pour Halloween. J'enfile la tenue que j'ai prévu de porter pour l'inauguration : ma jupe en satin noir et mon chemisier mauve à jabot. Comme c'est la tradition d'arriver à l'école costumé, je glisse le dentier en plastique dans ma bouche. Il me paraît très confortable, ce qui ne me surprend pas. Je mets de la poudre blanche sur mes joues pour pâlir davantage mon visage, du mascara sur mes cils, et je trace deux traits de rouge à lèvres de ma bouche à mon menton. J'attache un ruban noir autour de mon cou, puis je regarde le résultat dans le miroir.

Même si je m'y attendais, je m'étonne de constater à quel point je ressemble à ma grand-tante.

« Tu ferais mieux de t'y habituer », me dis-je en montrant les crocs à mon reflet.

– Ah, un vampire ! s'esclaffe mon père quand j'entre dans la cuisine.

Et il porte la main à sa poitrine en me pointant du doigt.

Je dépose mon sac rempli de décorations sur le sol.

– En effet, ton costume est très convaincant, Emma-Rose, intervient ma mère en me tendant un verre de jus de canneberge. Dommage que Margot soit partie au musée avant de te voir ! Est-ce que tu savais que, d'après plusieurs légendes, il y aurait eu des vampires dans sa ville ? En fait, dans toute la région, celle d'où vient notre famille. C'est drôle, non ?

Je la fixe. Il y a tant à lui répondre que je préfère me taire et boire mon jus.

Le collège grouille de fantômes, de superhéros, de loups-garous, de pirates et de princesses. Évidemment, Alexandra Lambert arbore un costume de princesse, avec un diadème scintillant et une robe de bal rose bouffante. Ève et Marina, elles, sont déguisées en anges ; ça me fait bien rigoler. Quant à Gaby, Padma et Cathy, elles sont en fées, ce qui m'agace profondément. Quelques autres filles se sont transformées en vampires, mais aucune ne semble aussi authentique que moi. D'ailleurs, Zora, qui est déguisée en coccinelle, me le fait aussitôt remarquer.

Il n'y a qu'un seul garçon vampire, que je croise en me rendant à mon cours de sciences. Il reste bouche bée devant mon dentier, mon visage poudré, et le faux sang qui dégouline sur mon visage.

– Tu n'as pas fait ça ! finit par s'exclamer Hugo.

– Tu n'as pas fait ça ! dis-je en retour, en promenant mon regard sur son propre dentier, sa cape noire et ses propres traces de sang.

– J'avais prévu de porter ce costume bien avant samedi ! explique-t-il en levant les mains.

Il jette un coup d'œil par-dessus son épaule et s'approche de moi :

– Tu vas rester habillée comme ça pour le… tu-sais-quoi ?

Je secoue la tête :

– J'espère avoir le temps de me démaquiller avant que…

– Hé, Dracula ! lance Tim en rejoignant Hugo.

Je profite de cette interruption pour m'éloigner, en me demandant si Hugo compte toujours décorer le gymnase avec moi.

Après la dernière heure de cours, Zora, Janie et Matt m'aident à transporter les décorations jusqu'aux portes du gymnase. Puis mes nouveaux amis partent en me promettant de se libérer à temps pour revenir me donner un coup de main. Le cœur lourd, je les assure que je vais me débrouiller. Je m'empare de deux sacs et, seule, pénètre dans le gymnase

– Joyeux Halloween, s'écrie Gaby.

Elle est assise dans les gradins. Son expression est sérieuse. Enfin, aussi sérieuse que possible pour quelqu'un qui a les joues couvertes de poudre scintillante et des antennes sur la tête.

Je dépose mes sacs, stupéfaite :

– Que…. que fais-tu ici ?

Gaby se lève ; ses ailes de fée oscillent dans son dos.

– Tu croyais vraiment que je ne viendrais pas t'aider ? demande-t-elle d'une voix douce.

Je hausse les épaules et baisse les yeux sur mes ballerines noires :

– Eh bien, la semaine dernière, tu as dit…

– J'ai dit beaucoup de choses, me coupe-t-elle. Des choses que je ne pensais pas.

Je la regarde descendre les gradins. Serait-elle en train de me faire des excuses ?

– Moi aussi, dis-je.

Je me rappelle avec regret les paroles cruelles que nous avons échangées vendredi dernier. En voyant Gaby ici, devant moi, je comprends à quel point elle m'a manqué.

– J'aime beaucoup ton costume, affirme-t-elle avec un petit sourire.

Le même sourire se dessine lentement sur mon visage :

– Merci. Tout est dans les dents, tu sais !

Elle secoue la tête :

– Ce n'était pas très gentil, comme cadeau…

– Mais si, dis-je, la gorge serrée. Je ne l'ai pas apprécié à sa juste valeur, c'est tout.

Je me rends compte que j'ai réagi trop vite en me fâchant contre elle ; elle voulait simplement m'aider, à sa façon.

J'observe son débardeur à paillettes, son jean noir, ses ailes et ses antennes :

– Ton déguisement est très réussi aussi.

– Cathy et Padma ont volé mon idée, réplique-t-elle en levant les yeux au ciel. Quand on s'est retrouvées pour préparer nos costumes, hier soir, je n'ai pas arrêté de penser que ça aurait été plus amusant avec toi.

Elle baisse le regard et se mord la lèvre. Je sens les larmes me piquer les paupières :

– Est-ce que tu avais autant de peine que moi, cette semaine ?

Elle me dévisage, les yeux mouillés, et répond d'une voix tremblotante :

– Oh oui !

C'est fou ce que notre dispute était ridicule ! Rien ne peut se mettre entre nous, puisque nous sommes meilleures amies. Pas même le fait que je vais devenir un vampire…

Gaby doit éprouver les mêmes sentiments, car elle s'avance et me prend dans ses bras. Nous nous étreignons en pleurant et en riant à la fois.

– Je suis désolée, s'exclame-t-elle. Excuse-moi de ne pas t'avoir crue. Je n'ai pas été une bonne amie.

Je tapote ses ailes. Elle recule d'un pas et essuie ses larmes, couvrant ses doigts de poudre dorée.

– Ne t'inquiète pas, dis-je avec sincérité. Je suis désolée, moi aussi. Je n'aurais pas dû me fâcher contre toi. C'est juste qu'il se passait tellement de choses, avec la fête et…

– Je sais tout ça, murmure Gaby. Et je trouve ça génial, que tu t'occupes des décorations. Tu avais raison : j'étais un peu jalouse que tu sois au centre de l'attention. Mais c'est fini. Je suis vraiment contente pour toi, Emma.

Elle secoue la tête, pleine de remords.

« Emma ». Le fait d'entendre ce surnom me remonte le moral.

– Je sais que tu l'es, dis-je doucement.

Gaby renifle, ajuste ses antennes et reprend à voix basse, bien que nous soyons seules dans le gymnase :

– Et je me sens coupable de ne pas t'avoir écoutée à propos de l'autre chose. Après notre dispute, j'ai fait des recherches sur Internet au sujet des vampires et de la Transylvanie. Ça m'a beaucoup troublée. J'ai même failli t'envoyer des liens par mail, mais j'étais trop entêtée…

– Je voulais t'écrire, moi aussi. On est toutes les deux des têtes de mule ! C'est peut-être pour ça qu'on est des meilleures amies ?

Nous nous sourions. Malgré la soirée importante et effrayante qui m'attend, j'ai soudain envie de sauter de joie.

– Bon, raconte-moi tout, chuchote Gaby. Est-ce qu'il y a du nouveau avec ta grand-tante ?

– Oui, il y a du nouveau…

Tout en sortant les décorations des sacs, je raconte à ma copine les derniers événements. Je commence par ce que Hugo et moi avons découvert à la bibliothèque et termine par ma mission secrète, qui doit se dérouler ce soir même. Pas une seule fois Gaby ne lève les yeux au ciel. Elle m'écoute attentivement.

– Alors, c'est de ça que Hugo te parlait, hier ! conclut-elle enfin. Emma, je n'arrive pas à croire que vous êtes devenus amis ! Et tu sais ce que je crois ? Je crois que tu lui plais !

Je rougis :

– Quoi ? Mais non ! Il s'intéresse aux histoires de vampires, c'est tout. C'est pour ça qu'il m'a aidée à la bibliothèque.

Gaby secoue la tête énergiquement, ce qui agite ses antennes :

– Je t'en prie, c'est évident ! À ton avis, pourquoi te taquine-t-il sans arrêt ? Parce qu'il est *amoureux* de toi !

– Impossible ! Voyons, Gaby, Hugo Gilbert n'est pas…

Avant que j'aie terminé ma phrase, les portes du gymnase s'ouvrent, et une voix de garçon résonne dans le vaste espace désert :

– Vous savez qu'il y a un squelette dans le couloir ?

Gaby et moi nous dévisageons, horrifiées. Pourvu qu'il ne nous ait pas entendues ! Prise au dépourvu, je bafouille :

– Je… euh… oui, oui. Je devais le transporter dans le gymnase.

Je baisse la tête pour cacher mes joues rouges.

– Je m'en occupe ! déclare-t-il.

Il fait volte-face, sa cape de vampire volant derrière lui, puis il tourne la tête vers nous :

– Ne restez pas là, à bavarder ! Vous n'avez même pas encore commencé à installer les décorations ?

– Oh, il a raison ! Il faut qu'on termine à temps pour que tu puisses aller à l'inauguration.

Par les fenêtres au-dessus des gradins, nous apercevons le ciel, qui est déjà sombre. Gaby jette un coup d'œil entendu à Hugo, qui l'examine en haussant les sourcils.

– Eh oui, lui dit-elle, les mains sur les hanches. Je sais tout. Je suis quand même sa meilleure amie !

Je souris à Gaby, puis je me penche pour ouvrir un sac rempli de ballons. Hugo retourne dans le couloir chercher le squelette et le reste des décorations. Gaby, elle, sort des serpentins noirs :

– Bon, c'est parti pour l'opération Halloween à Hollywood !

Nous nous mettons à la tâche avec l'énergie d'un tourbillon. Pendant que Hugo déroule le tapis rouge et installe l'iPod et les haut-parleurs, Gaby et moi gonflons les ballons, suspendons les serpentins et collons les stickers sur les murs. En l'espace d'une heure, le gymnase est transformé. Nous reculons pour admirer notre œuvre.

La pièce ressemble maintenant à la plus géniale des maisons hantées. La machine à brouillard remplit l'air de vapeur, et un gloussement de zombie sort des enceintes. Les murs sont couverts d'autocollants scintillants représentant des crânes, des fantômes et des toiles d'araignée. Sur le mur du fond se détache, en grosses lettres sinistres, le mot : *HOLLYWOOD*. Des ballons et des serpentins noirs et orange pendent au plafond. Ils frôlent la tête de notre squelette, qui, debout à l'entrée, accueillera les élèves.

– C'est parfait, commente Gaby en écrasant un coin du tapis rouge avec le bout de sa chaussure. Grâce à toi, Emma !

Et elle m'applaudit, ce qui m'embarrasse beaucoup.

– Je n'aurais pas pu réussir sans vous. Ni sans Zora, Janie et Matt.

– Peut-être bien, intervient Hugo en souriant. Mais c'est toi, le génie qui a eu toutes ces idées.

Je sens mon visage s'enflammer de nouveau. Tout à coup, Ève entre dans le gymnase.

– Qui est un génie ? demande-t-elle en replaçant son auréole au sommet de sa tête.

– Pas toi, marmonne Gaby.

Je me couvre la bouche pour cacher mon fou rire.

– C'est Emma-Rose, répond Hugo. C'est elle qui a fait tout ça.

Il désigne les décorations d'un large geste du bras.

Ève a l'air impressionné, mais elle se reprend rapidement, rejette ses cheveux en arrière et déclare d'un ton sec :

– Ce n'est pas mal. Je vais envoyer un texto à Alexandra pour lui dire que c'est approuvé.

Elle sort son téléphone portable de la poche de sa robe blanche.

– Où est Alexandra ?

– Elle avait un autre engagement important, réplique Ève. Elle va avoir un peu de retard.

– Vraiment ? dis-je, irritée.

Alexandra a *exigé* que je sois là tôt, et elle ne se donne même pas la peine d'être présente ? C'est bien égoïste… et tout à fait son genre.

– Emma, chuchote Gaby en me touchant l'épaule. C'est bientôt l'heure.

Elle tapote sa montre ; mon cœur cesse de battre. Ça y est, c'est le moment.

– D'accord, je vais aller me démaquiller.

L'inauguration n'étant pas un bal costumé, il faut que je sois présentable.

Mon amie hoche la tête :

– Hugo et moi allons t'attendre dehors.

– Quoi ? Vous venez avec moi ?

Ève s'est éloignée pour inspecter la machine à brouillard. Mon regarde oscille de Gaby à Hugo.

– Bien sûr ! déclare celui-ci. On ne va pas te laisser prendre le risque d'aller toute seule au musée.

Une immense gratitude m'envahit. Que c'est précieux, d'avoir de bons amis ! Avant que je puisse les remercier, les portes s'ouvrent de nouveau. Zora, Janie et Matt entrent, suivis de quelques élèves, armés d'appareils photo, qui joueront le rôle des paparazzis.

– Désolée pour le retard ! s'écrie Zora en se précipitant vers moi. Le gymnase est *magnifique* !

– Vous n'êtes pas en retard… Mais vous tombez bien ; je dois partir, je reviendrai un peu plus tard.

Bien entendu, je ne précise pas que je risque de revenir sous la forme d'une chauve-souris…

–12–

La pleine lune est basse dans le ciel étoilé. Gaby, Hugo et moi nous hâtons de franchir les deux pâtés de maisons qui nous séparent du musée.

« Une lune de sang », me dis-je en observant la faible lueur rougeâtre qui en émane.

Le fond de l'air est frisquet. Quelques arbres de Central Park ont déjà perdu toutes leurs feuilles, et leurs branches dénudées s'étendent comme des bras squelettiques. Je frissonne dans ma chemise légère, en regrettant de ne pas avoir mis un gilet.

Le musée, un grand édifice orné de colonnes de marbre, semble encore plus imposant ce soir. Il est éclairé par des projecteurs, et une bannière orange et noire ondule au-dessus de l'entrée : *Créatures de la nuit*. Des limousines sombres sont garées devant l'édifice. Des femmes aux robes chatoyantes et des hommes en smoking montent le grand escalier avant de présenter leurs invitations aux gardiens.

Nous devons offrir un étrange spectacle, Gaby, Hugo et moi, lorsque nous gravissons les marches : un jeune vampire séduisant, une jolie fée dorée, et une fille pâlotte et tremblante. Nous nous immobilisons devant la grande statue de bronze représentant Theodore Roosevelt sur son cheval.

– Tiens, dit Gaby en me tendant son petit sac à main. J'ai mis ton téléphone dedans. Appelle-nous ou envoie un message si tu as besoin de quoi que ce soit.

– Je ne pense pas que les chauves-souris sachent envoyer des textos…

– Alors, appelle-nous quand le rituel sera terminé, chuchote Hugo. Nous reviendrons te chercher.

Mon ventre se serre :

– Quoi ? Vous n'allez pas m'attendre ici ?

Ils secouent la tête, désolés.

– Il faut qu'on retourne à la fête, explique Hugo. Ça éveillerait les soupçons si on était absents tous les trois.

– Et… euh… je dois retrouver Milo devant le collège, ajoute Gaby en tripotant une de ses antennes avec un petit sourire gêné. Il est sûrement déjà arrivé…

Pendant une seconde, j'en oublie le Rituel Nocturne.

– Le Milo de ton cours de danse ? dis-je d'une voix perçante. Il vient à la fête ?

Gaby hoche la tête, rougissante :

– Mercredi, je suis allée lui parler après le cours. Je l'ai invité… et il a dit oui ! Tu avais raison, Emma ! Il suffisait que je prenne mon courage à deux mains !

– Oh, Gab ! Je suis tellement contente pour toi !

Je l'étreins rapidement. Hugo lève les yeux au ciel, mais il sourit.

Il est maintenant temps d'y aller. Je n'ai aucune idée de ce que l'avenir me réserve. En tant que vampire, pourrai-je mener la même vie qu'avant ? Aller à l'école ? Continuer à voir mes amis ?

– À plus tard, me lance Gaby d'une voix ferme, en me serrant une dernière fois dans ses bras. On sera là pour toi, quoi qu'il arrive.

Hugo a l'air embarrassé, mais il hoche la tête en me fixant de ses yeux verts.

– Et surtout, courage ! chuchote Gaby.

Après m'avoir souhaité bonne chance, ils descendent les marches. Je les regarde s'éloigner le long de Central Park. Puis, le cœur battant, je me dirige vers l'entrée du musée. Un couple élégant me précède et montre un carton d'invitation de couleur ivoire aux gardiens. Je n'ai pas d'invitation ; pourtant, franchir les portes du musée sera la tâche la plus facile que j'aurai à accomplir ce soir.

Je connais les gardiens : Timothée, qui me donnait des bonbons quand j'étais petite, et Érica, une femme franche et directe. En m'approchant, j'entends Timothée chuchoter à Érica :

– Ils n'ont toujours pas compris comment ces cages s'ouvrent chaque nuit.

– Je te le dis, moi : il y a quelque chose de bizarre avec ces chauves-souris, réplique Érica.

Mon sang se glace dans mes veines. Érica ne sait pas à quel point elle a raison. Je voudrais tout leur raconter, les avertir qu'un rituel va avoir lieu, ici et ce soir. Puis Timothée m'aperçoit et s'exclame :

– Emma-Rose ! Ça alors, comme tu as grandi ! Il y a longtemps que tu n'es pas venue au musée.

Il a l'air si heureux de me voir que je ne peux me résoudre à lui avouer la vérité. Alors, je réponds d'un air nonchalant :

– Bonsoir, Timothée. Est-ce que mes parents sont déjà à l'intérieur ? Je devais venir avec eux, mais j'ai été retardée au collège.

– Oui, ils sont arrivés, m'apprend-il en me laissant passer. Ta grand-tante aussi. C'est une dame très spéciale…

– Oui, et il y a aussi quelque chose de bizarre avec sa grand-tante, murmure Érica.

Quand je lève les yeux vers elle, elle se reprend et m'adresse un grand sourire :

– Salut, Emma-Rose !

Je la salue en retour et passe devant elle pour entrer dans le hall majestueux.

L'inauguration bat son plein. Les invités, tirés à quatre épingles, bavardent, une flûte de champagne à la main. On entend une douce mélodie de musique classique, les colonnes sont ornées de guirlandes lumineuses, et des serveurs circulent avec des plateaux recouverts de canapés au saumon et de mini-rouleaux de printemps. J'aperçois le maire et trois vedettes de cinéma. Pendant un instant, je me détends et admire l'éclatant spectacle qui s'offre à moi.

Soudain, à quelques mètres de moi, je reconnais mes parents. Je recule et me cache derrière un pilier. Je ne veux pas qu'ils sachent que je suis ici ; ils me poseraient trop de questions. Je les observe de ma cachette. Maman est superbe dans sa robe vert clair, et papa est tout pimpant dans son smoking. Ils grignotent des rouleaux de printemps, en discutant avec une personne qu'un serveur cache à ma vue. Quand ce dernier finit par bouger, je constate que cette personne est ma grand-tante Margot.

Elle porte une longue robe noire, un châle en dentelle, des gants, et un collier couleur rubis. Elle rit avec mon père, et semble aussi calme que le ciel étoilé à l'extérieur.

« Le rituel n'a donc pas commencé, me dis-je. Y aura-t-il une espèce de signal quand il débutera ? »

Ma mère fait tinter une fourchette contre son verre pour attirer l'attention des invités. La musique se tait, et la grande salle devient silencieuse. Je reste derrière le pilier, en priant pour que mes parents ne me voient pas.

– Bonsoir à tous, annonce maman. Je suis Liliane Blanchard. C'est un honneur pour moi de vous accueillir à l'inauguration de l'exposition

« Créatures de la nuit ». Un grand nombre de personnes ont travaillé dur pour que cette exposition soit la plus éducative et passionnante possible. J'aimerais les remercier. Tout d'abord, permettez-moi de vous présenter Margaret Romanescu, spécialiste des chauves-souris et taxidermiste de renommée mondiale. Il se trouve qu'elle est également ma tante !

La foule sourit et applaudit Margot, qui se tient juste à côté de ma mère.

– Bonsoirrr, intervient-elle avec son accent marqué. Je dois dirrre que ma nièce Lili est une excellente conservatrrrice de musée. Quand je loui ai suggérrré cette exposition, elle a accepté avec enthousiasme et a tout mis en œuvre pour la concrrrétiser.

« Bien entendu, c'était l'idée de Margot ! » me dis-je en frissonnant.

– Veuillez m'excouser, mais je dois aller mettrrre la dernière main à l'exposition, ajoute Margot en saluant la foule. Nous voulons que tout soit parfait ! Bonne soirrrée !

Sur ces mots, elle tourne les talons et dépasse les guichets pour se diriger vers l'intérieur du musée.

Je sursaute. *Elle quitte le gala.* C'est le signal. Le Rituel Nocturne va commencer ! Maintenant, je sais où il va se dérouler.

Je m'éloigne discrètement de mon pilier, pendant que ma mère présente un homme aux cheveux gris qu'elle décrit comme un expert réputé en matière de rats. Tout le monde est si occupé à l'écouter que nul ne me voit me faufiler à travers la foule.

Je retiens mon souffle en passant devant les guichets. Puis j'entends quelqu'un appeler :

– Hé, toi !

« Oh, non. »

Je tourne la tête ; l'un des serveurs m'observe.

– Où vas-tu ? demande-t-il, du ton soupçonneux qu'adoptent souvent les adultes avec les enfants.

Je réfléchis à toute allure :

– Aux toilettes.

Et, avant qu'il puisse me questionner davantage, je m'éloigne au pas de course.

Des écriteaux sur les murs me guident vers l'exposition « Créatures de la nuit ». J'espère qu'il n'y aura pas de gardiens dans cette partie du musée, et qu'aucun autre serveur ne m'a vue prendre cette direction.

Je me hâte de traverser les pièces sombres remplies de dioramas d'animaux. Ce soir, les ours, les loups, les cerfs et les antilopes empaillés me paraissent menaçants derrière leurs baies vitrées. Je débouche sur l'une des salles des dinosaures, où les os de brontosaure luisent comme de pâles fantômes. Après la cafétéria, j'atteins enfin une arcade portant l'inscription : *Créatures de la nuit : début de l'exposition.*

Je ne peux plus reculer.

J'entre sur la pointe des pieds, le cœur battant.

La pièce est glaciale et plongée dans le noir total. Le silence semble m'engloutir. J'essuie mes mains moites sur ma jupe de satin et prends une grande inspiration. Je scrute la pièce sombre. Un frisson d'épouvante me parcourt l'échine, mais je résiste à l'envie de m'enfuir. Je dois aller de l'avant.

C'est alors qu'une pensée me traverse l'esprit :

« Je suis en train de vivre mon cauchemar. »

Cet instant est en tous points semblables à ce que me montre le cauchemar que je fais et refais depuis des semaines ! Est-ce que ce cauchemar était une espèce de convocation ?

Mes yeux s'accoutument lentement à l'obscurité qui m'entoure. J'aperçois une grande pancarte sur laquelle il est écrit : *Chauves-souris*. Effectivement, partout autour de moi se dressent les vitrines qui contiennent les chauves-souris « empaillées » de ma grand-tante Margot. Les petites créatures sont suspendues la tête en bas, et elles semblent dormir.

Puis, une à une, elles commencent à ouvrir les yeux. Comme dans mon rêve, ces yeux luisent d'un éclat rouge vif. De petits yeux rouges de chauves-souris.... Des yeux démoniaques... Qui me regardent fixement.

Je me rappelle ce que j'ai lu dans l'un des ouvrages de la bibliothèque : les yeux des vampires affamés transformés en chauves-souris sont rouges. Je suis soudain prise d'un tremblement incontrôlable. Même si ces chauves-souris ont faim, elles ne vont pas m'attaquer, n'est-ce pas ? Je suis l'une d'entre elles ou, du moins, je le serai bientôt...

Les chauves-souris déploient leurs ailes, puis, toutes ensemble, elles s'élèvent dans les airs pour sortir de leurs vitrines. Leurs yeux rouges brillent dans le noir. Je me mords la lèvre pour m'empêcher de hurler.

Elles décrivent des virages en piqué avant de s'envoler plus loin dans l'exposition. Je sais que je n'ai pas le choix. Je les suis, chancelante, traversant des pièces pleines de rats, d'opossums et d'autres créatures nocturnes empaillées.

Des sons étouffés me parviennent d'une des salles devant moi. Ils deviennent de plus en plus distincts à mesure que j'avance. Je comprends bientôt que ce sont des murmures.

J'entre dans la dernière salle. Ici, les murs sont couverts d'affiches donnant des informations scientifiques sur les créatures de la nuit. La pièce est vide, à l'exception d'un groupe de jeunes rassemblés au centre. Ils ont tous une petite carte rouge à la main et semblent terrifiés.

« Des jeunes de douze ans, me dis-je en observant leurs visages livides. Des novices. Comme moi. »

J'ignore s'ils m'ont vue. Ils ont les yeux fixés sur les chauves-souris qui se sont posées sur les poutres du plafond.

L'une des chauves-souris — la superbe créature luisante et gracieuse que j'ai vue se changer en Margot la semaine dernière — voltige face au groupe de novices frissonnants. Je tremble, moi aussi. J'ai la bouche sèche et les pieds engourdis. Je me demande si je dois me joindre à eux.

Mais, avant que j'aie le temps de bouger, la chauve-souris se métamorphose. Ses ailes se changent en bras, ses pattes griffues deviennent des jambes, ses oreilles rapetissent, et sa face prend la forme d'un visage que je connais bien.

Je constate, surprise et le cœur serré, qu'elle n'est pas la seule à se transformer. Toutes les autres chauves-souris quittent le plafond. Comme Margot, elles se posent sur le sol et retrouvent des bras, des jambes, des pieds et des mains. Leurs oreilles deviennent humaines, leurs museaux se changent en nez, et leurs petits yeux rouges s'agrandissent.

Peu à peu, les novices se retrouvent entourés d'adultes. Ils poussent des exclamations épouvantées. Si aucun son ne sort de ma bouche, c'est seulement parce que mon cri semble coincé dans ma gorge. Je ne suis capable que de contempler la scène, totalement paralysée.

Autour des novices se tiennent des vampires de toutes sortes : des hommes et des femmes, de grands maigres, de petits grassouillets... Certains ont le teint clair ; d'autres, la peau mate. Quelques-uns ont l'air cruel et crachent en direction des novices en faisant mine de les mordre. D'autres semblent gentils et leur envoient des baisers. Quelques-uns sont vêtus de noir, d'autres de rouge, d'autres encore de jaune, d'orange, de vert ou de rose. *A priori*, aucun d'entre eux n'a une allure typique de vampire. Ma peau claire et ma préférence pour les couleurs sombres ne sont peut-être qu'une simple coïncidence.

Les vampires ont toutefois un trait en commun : ils ont tous de très longues canines blanches et pointues.

J'entends le bruit de ma respiration saccadée. Comme je n'ai pas poursuivi ma lecture du *Vampyre*, je n'ai aucune idée des étapes du Rituel Nocturne. Je me demande si chacun des novices doit être mordu par un vampire. Je porte les mains à ma gorge, en reculant davantage dans mon coin sombre.

Lorsque tous les vampires ont pris forme humaine, ma grand-tante frappe dans ses mains et commence à parler, d'une voix claire et retentissante :

– En tant qu'Impératrice des vampirrres, je vous souhaite la bienvenue au cinq cent quatre-vingtième Rituel Nocturne !

J'étouffe une exclamation. Ma grand-tante est l'Impératrice ? Je ne sais pas si je dois en être fière ou horrifiée.

Les vampires adultes applaudissent poliment, pendant que les novices se blottissent les uns contre les autres.

– N'ayez pas peurrr, mes petits, déclare Margot. Cet ancien rite est le moment le plus important de vos jeunes existences en tant que crrréatures de la nouit. Vous avez été convoqués de tous les coins du monde pour devenir de véritables vampirrres ! J'ai le plaisirrr de revenir à New York après treize longues années. L'an dernier, le rituel a eu lieu à Parrris, et ce fut un gâchis… pour des raisons sur lesquelles je ne m'étendrai pas.

Les vampires adultes acquiescent de la tête et grommellent entre eux.

– Et maintenant, poursuit Margot, je vais réciter l'incantation !

– Excellent ! approuve un vampire. J'ai hâte que la chasse commence !

J'ai un haut-le-cœur. Que veut-il dire par là ? Est-ce que, dès que nous serons devenus des vampires, nous nous envolerons tous ensemble pour chasser dans la nuit ? Est-ce que je suis prête pour ça ?

Margot lève les bras en l'air. Un silence tendu règne dans la pièce. Puis ma grand-tante prononce une série de mots dans une langue mélodieuse. Je suppose que c'est du roumain. Le seul mot que je reconnais est *nosferatu*.

Vampire.

Lorsqu'elle a terminé, elle baisse les bras.

Alors, un bruissement retentit du côté des novices. Le premier à se métamorphoser est un mince garçon aux cheveux roux. Son carton rouge flotte jusqu'au sol quand ses bras se transforment en longues ailes auburn. Ses bras et ses jambes deviennent des pattes griffues, son visage rapetisse, ses oreilles s'allongent. L'instant d'après, il est une chauve-souris.

Une chauve-souris dont la gueule ouverte révèle de longs crocs blancs et pointus. Margot lui adresse un grand sourire.

La tête me tourne. Mes oreilles bourdonnent.

Qui sera le prochain ? Moi ? Quelqu'un d'autre ?

Pour la première fois depuis le début de la cérémonie, j'observe attentivement les novices. Je distingue une fille aux longs cheveux blond platine et aux yeux bleu clair, qui porte un diadème scintillant et une robe de princesse rose bouffante… L'espace d'un instant, mon cœur cesse de battre.

C'est Alexandra Lambert.

Elle frissonne. Je ne l'ai jamais vue aussi vulnérable. Les pensées se bousculent dans ma tête. Est-ce pour cette raison qu'elle semblait si décomposée à l'école, cette semaine ? Est-ce pour cela qu'elle n'est pas venue voir la décoration du gymnase ? Et, surtout, comment est-il possible qu'elle soit un vampire, elle aussi ? Cette princesse blonde qui adore les couleurs pastel, une créature de la nuit ? Ça ne tient pas debout !

Pourtant, sous mon regard stupéfait, le diadème glisse de sa chevelure et tombe par terre avec un léger cliquetis. La tête de ma camarade rapetisse jusqu'à avoir la taille de celle d'une chauve-souris.

Alors, le cri qui était coincé dans ma gorge s'échappe. Je lâche le sac de Gaby, et mon téléphone heurte le sol avec un bruit sec. Tout le monde se tourne vers moi. En un éclair, les vampires m'encerclent. Leurs yeux rouges luisants me fixent avec curiosité et leurs canines blanches s'allongent.

Tout se met à tournoyer autour de moi ; j'ai l'impression d'être dans un manège. Des taches sombres flottent devant mes yeux. Mes genoux sont si faibles ; je ne tiens plus debout… Que m'arrive-t-il ? Suis-je en train de devenir une chauve-souris ?

J'entends une voix familière, celle de Margot, qui crie mon nom :

– Emma-Rrrose !

Puis tout devient noir.

– 13 –

– Emma-Rrrose, ma jolie ?

Je me force à ouvrir les yeux. Je suis étendue sur le dos, la tête posée sur quelque chose de moelleux. Margot est assise à côté de moi, et ses yeux marine sont emplis d'inquiétude.

Tout me revient en mémoire : le Rituel Nocturne, Alexandra Lambert, les chauves-souris…

– Est-ce que… est-ce que je suis une chauve-souris ? dis-je d'une voix rauque.

J'essaie de lever la tête — qui semble être de sa taille habituelle — pour regarder mes bras. Ils me paraissent normaux.

– Bien sûrrr que non, répond gentiment Margot.

Elle m'aide à m'asseoir. Nous sommes dans la salle où le rituel a eu lieu, mais nous sommes seules. Je regarde autour de moi, affolée :

– Où… où sont les autres ?

– Ils se sont… envolés, rétorque prudemment ma grand-tante. Tou as été inconsciente quelques minutes.

– Je me suis *évanouie* ?

Margot hoche la tête :

– Heurrreusement que je souis arrivée à temps pour t'attraper. Tiens, bois, ajoute-t-elle en me tendant un gobelet en carton rempli d'un liquide rouge vif.

– Qu'est-ce… qu'est-ce que c'est ?

– Du jous de canneberge. Ta mère m'a dit que c'est ta boisson préférrrée.

Margot sourit ; ses crocs ont disparu, remplacés par des dents blanches ordinaires.

– Maman est ici ?

Je me tourne pour examiner la pièce. Margot me tapote l'épaule :

– Mais non, détends-toi. Tes parrrents ne savent pas ce qui s'est passé. Ils sont là-haut, en train de s'amuser.

Je regarde ma grand-tante, l'esprit encore brumeux :

– Qu'est-ce qui s'est passé, au juste ?

– Bois, et ensuite nous parlerons.

Je me méfie de ce liquide rouge. Toutefois, dès la première gorgée, je reconnais le goût acidulé du jus de canneberge. Je l'avale d'un trait et me sens déjà mieux.

– Merveilleux ! commente Margot en reprenant le gobelet. J'ai bien fait de demander à Édouard d'aller te chercher à boire à la cafétérrria.

– Qui est Édouard ? Est-ce que c'est un…

J'hésite à prononcer le mot qui me hante depuis deux semaines.

– … vampire ? finis-je par demander en chuchotant.

Margot ne répond pas tout de suite. Finalement, elle hoche lentement la tête.

– Alors, c'est vrai ? Tout est vrai ? Tu es l'Impératrice des vampires ?

Elle baisse les yeux avec modestie :

– Eh oui.

Je connaissais la réponse, mais ça me fiche un coup d'entendre Margot le confirmer. Je continue, le cœur battant :

– Et les chauves-souris que tu as apportées à New York ne sont pas empaillées, n'est-ce pas ? Chaque nuit, vous vous envolez dans Centrrral Park pour boire le sang des écureuils, des oiseaux, des ratons laveurs et…

« Et tu es un monstre redoutable », me dis-je avec un mouvement de recul.

– Attends, m'interrompt Margot en esquissant de la main un geste qui fait luire le rubis de sa bague. C'est vrrrai, mes collègues ont chassé dans Central Park. Je les accompagne parfois, mais seulement pour superrrviser. Je dois m'assurer qu'ils ne sont pas trrrop cruels. En tant qu'Impératrice, je n'ai plus besoin de sang animal. Je me nourrris des mêmes aliments que les humains, comme la viande rrrouge.

– Est-ce que les vampires se nourrissent de sang… humain ?

– Non ! répond-elle, offusquée. La plupart des vampirrres n'attaquent plus les humains. Ceux qui le font nuisent à notre réputation. Sauf quelques rares exceptions, les gens de notre race ont cessé cette pratique barbarrre il y a des siècles.

Les bras m'en tombent.

– Ah bon, dis-je, je ne le savais pas.

– Comment aurrrais-tu pu le savoir ? glousse Margot.

Je hausse les épaules. Mon cœur bat toujours la chamade.

– Parce que je suis comme toi. Je suis une… J'étais une novice…

– Toi, tou es une charmante jeune demoiselle qui est beaucoup trop currrieuse, me coupe-t-elle en caressant mes cheveux.

Je fronce les sourcils :

– C'est-à-dire ?

Elle répond d'une voix amusée :

– Je suis désolée de te décevoir, mais tou n'es pas un vampirrre.

Ses mots me font l'effet d'une douche froide. Je cligne des yeux, en espérant que je ne m'évanouirai pas de nouveau. Je me lève en titubant :

– Mais… si ! Je *sais* que j'en suis un ! Tu n'as pas besoin de me mentir pour me rassurer. Premièrement, je te ressemble. Deuxièmement, j'adore la viande rouge et je déteste l'ail. Troisièmement, je ne dors pas la nuit et j'ai horreur du soleil. Quatrièmement, j'ai les canines pointues. Et, cinquièmement, tu m'as convoquée au Rituel Nocturne !

Je reprends mon souffle en la défiant du regard. Me ment-elle parce que je me suis évanouie ? Parce qu'elle pense que je ne suis pas assez forte pour devenir vampire ?

– Assieds-toi. Je vais tout t'expliquer, réplique-t-elle en prenant mes mains dans les siennes.

Je lui obéis à contrecœur.

– Tou me ressembles parce que nous sommes parrrentes, continue-t-elle. Tou devrais être contente, parce que j'étais plutôt séduisante quand j'étais jeune.

Elle bat des cils et tapote son chignon.

– Mais je croyais que le vampirisme était héréditaire, dis-je. Qu'il était transmis par la filiation maternelle ! Si j'ai hérité de ton apparence, pourquoi pas de ta…

– *Différence ?* complète-t-elle avec un rire désabusé. Le vampirisme est hérrréditaire, mais il peut sauter de nombreuses générations. Par exemple, quand je suis devenue vampirrre, j'ai découvert que mon arrière-grand-mère en était un. Même si tou ne possèdes pas ces gènes, il se peut qu'un de tes enfants… Seul l'avenir le dirrra.

« Mes enfants ? »

Je grimace ; cela me semble si lointain que j'ai du mal à l'imaginer.

– Alors, le fait que nous venions de Transylvanie n'a rien à voir avec tout ça ?

– Tous ceux qui étaient ici ce soir ont du sang trrransylvanien dans les veines. Il y a des vampirrres sur toute la planète, mais le rituel que tu as vu est une coutume purement trrransylvanienne.

J'essaie d'absorber toutes ces informations. C'est bizarre de penser que la famille d'Alexandra Lambert vient de Transylvanie.

– Bon, reprrrenons ta liste de questions, poursuit Margot. Comme tu le sais, bien des gens aiment le steak saignant, tout comme beaucoup détestent l'ail. Certaines perrrsonnes, surtout celles qui ont une imagination débordante, ont des problèmes d'insomnie.

Elle tape mon front de ses doigts glacés et ajoute :

– Il y a trrrop de pensées, là-dedans ! Mais c'est normal, quand on grandit et que la vie se complique.

– Oh, je…

Je dois admettre que je comprends parfaitement ce qu'elle dit.

– C'est vrai que les vampirrres supportent mal le soleil, reprend-elle. Nous ne sortons pas pendant la journée, et beaucoup d'entrrre nous le regrettent. Ils sont tristes que leurrr état les empêche de se prélasser sur une plage. Donc, ton horreur du soleil, chère Emma-Rose, fait tout simplement partie de toi. Tout comme tes… comment dites-vous, déjà ?

Elle désigne mes dents.

– Mes canines.

Je souris et les tâte du bout de la langue. Elles sont aussi pointues qu'avant, mais pas autant que des crocs de vampire.

– Enfin, tou n'as *pas* été convoquée au Rituel Nocturne, déclare-t-elle. Je suis étonnée que tou aies découvert tout ça, mais tu es une fille plutôt surrrprenante. Ceux qui sont convoqués reçoivent un carton rouge une semaine avant le rituel, avec un billet d'avion ou de train, si nécessairrre. Les novices sont tenus au secrrret le plus complet. Nous avons les moyens de savoir qui nous trrrahit.

Elle baisse les yeux en frissonnant.

– Je n'ai pas reçu de carton, mais j'ai fait un cauchemar. J'ai rêvé que j'étais à l'exposition et que je voyais les yeux rouges des chauves-souris…

– Oh ? fait-elle en levant un sourcil. De nombreux vampirrres ont le don de voyance. Peut-être que ce don t'a été trrransmis génétiquement. C'est très intérrressant !

– Alors, je suis peut-être *un petit peu* vampire ?

J'éprouve un mélange d'espoir et de crainte. Mais Margot secoue la tête :

– Si tou l'étais, tou te serais transformée en chauve-sourrris quand j'ai prononcé l'incantation. Et comme tou peux le constater…

J'observe mes bras, ma jupe froissée sur mes jambes. Tout est normal. Je passe la main sur mes oreilles et dans mes cheveux. Je suis humaine jusqu'au bout des ongles.

– Ne sois pas déçue, ajoute Margot en m'étreignant. Estime-toi heurrreuse de ne pas être en train de chasser avec les autres. Oui, il est possible de mener une existence plus ou moins normale en tant que vampirrre. On peut avoir un métier, comme moi. On peut voyager, s'amuser, suivre une cure thermale, comme celle où je suis allée en Pennsylvanie. On peut avoir des amis, être amourrreux et même fonder une famille. Mais on est différrrent. C'est un fardeau qu'on porte constamment sur soi.

Il y a une note de tristesse dans sa voix. Je l'étreins à mon tour, en pressant ma joue chaude sur son visage froid.

J'imagine Alexandra sous sa forme de chauve-souris, quelque part dans la nuit, montrant ses crocs pour la première fois. A-t-elle peur ? Je me souviens du jour où elle voulait être seule dans les toilettes du collège. Était-ce parce que son reflet dans le miroir commençait déjà à disparaître ? Ou parce que d'autres changements terrifiants s'étaient amorcés ?

J'ai encore une foule de questions à poser à Margot. Des questions sur sa vie, sur Alexandra, sur moi. Mais, à cet instant, un détail me tracasse plus que tout :

– Que voulais-tu dire, vendredi dernier, quand tu as mentionné que ce serait un grand soir pour moi ? J'étais certaine que tu parlais du Rituel Nocturne.

Elle incline la tête pour réfléchir, puis ses yeux s'écarquillent.

– Ah ! glousse-t-elle. Ta mèrrre et moi avons passé beaucoup de temps ensemble, la semaine dernièrrre. Elle m'a dit que tu allais à une soirée aujourd'hui. Ça m'a rappelé ma jeunesse en

Rrroumanie et les fêtes de mon école. Je parlais de la fête, ma jolie ; c'est tout.

Je demeure silencieuse un moment, pour mieux réfléchir.

Après toutes ces émotions, finalement, je ne suis pas un vampire ! J'en étais tellement sûre ! Oui, tellement que je suis devenue une nouvelle version de moi-même. Une version plus forte, plus courageuse. Peut-être que ce n'est pas une mauvaise chose. Peut-être que je n'ai pas besoin de magie, d'horreur ou de longues canines pour changer. Il me faut seulement un peu de confiance en moi. Après tout, qui aurait cru que je deviendrais si douée en volley-ball ?

– Au fait, reprend Margot en tapotant sa montre, tes amis doivent t'attendre à la fête ! As-tu encorrre le temps d'y aller ? Je suis cerrrtaine qu'un beau garçon t'attend là-bas…

Sous le regard pétillant de ma tante, je me sens devenir toute rouge :

– Si je me dépêche, je peux y arriver à temps…

Je m'empare du sac de Gaby et j'en sors mon téléphone. J'ai raté une vingtaine d'appels et deux fois plus de textos. Ma meilleure amie doit être morte d'inquiétude.

– Allez, je t'accompagne, propose Margot en m'aidant à me relever. Passons par derrière pour que tes parrrents ne nous voient pas.

Je lisse ma jupe et elle reprend son châle. Son bras sur mes épaules, elle me guide jusqu'à une porte dissimulée, qui s'ouvre sur une ruelle donnant sur la 79e rue.

– Quand retournes-tu en Roumanie ?

– Demain, répond Margot avec un triste soupir. Et j'emmène mes chauves-souris avec moi. Avant de partir, je vais les rrremplacer par des chauves-souris empaillées pour l'exposition. Mais ne t'inquiète pas : tu pourras m'envoyer des mails quand tou le voudras.

Elle ajoute avec un clin d'œil :

– Quand tou fais des insomnies, par exemple !

– Promis !

Je ne révélerai jamais le secret de Margot à mes parents. Et, maintenant que nous pouvons discuter ouvertement, elle et moi, j'ai hâte de lui écrire. De plus, comme je dois rendre mon devoir de généalogie dans deux semaines, j'ai des détails à vérifier auprès d'elle.

Lorsque nous arrivons devant le collège, Margot me fait un baiser sur la joue, puis elle s'éloigne dans la nuit, en direction du musée… À moins qu'elle aille retrouver ses chauves-souris ?

J'entre dans le bâtiment, l'esprit enflammé. Les couloirs sont déserts, mais j'entends de la musique en provenance du gymnase. Impatiente de voir Gaby, Hugo et tous mes amis, je me mets à courir et ouvre les portes du gymnase en grand.

– Bienvenue à « Halloween à Hollywood » ! Souris pour la photo ! s'écrie un paparazzi en braquant son appareil sur moi.

Je prends la pose, et le flash m'éblouit.

– En quoi es-tu déguisée ? demande-t-il.

J'avais oublié que je n'ai plus de dentier ni de faux sang. Je souris et réponds, en haussant les épaules :

– En moi-même : Emma-Rose Blanchard.

– Génial ! s'écrie le paparazzi.

L'une de ses copines chuchote :

– C'est elle qui a fait toute la décoration !

Au même moment, les portes s'ouvrent derrière moi. Je me retourne et aperçois Alexandra Lambert qui entre à son tour. Sa robe rose est un peu chiffonnée, son diadème de travers, et elle arbore une expression craintive. La chasse doit être terminée. Elle a repris sa forme humaine.

Je n'ai aucune idée de ce qu'elle a vécu ce soir. Mais, quand elle pose sur les appareils photo un regard inquiet, je devine son malaise. Je m'écrie aussitôt, en me précipitant pour la prendre par le bras :

– Pas de photo ! Pas de photo, s'il vous plaît !

Je la guide loin du tapis rouge et des paparazzis.

– Je... je t'ai vue..., bafouille-t-elle, les yeux écarquillés. Pourquoi étais-tu là ? Tu n'es pas... Tu n'es pas devenue un...

– Non, dis-je, encore sous le choc. Mais je connais l'impératrice. Je sais tout. Et je ne raconterai rien à personne ; je te le promets. Ce sera notre secret.

– Vraiment ? Tu ne diras rien ? Même pas à Abby ?

Je fronce les sourcils :

– Euh… qui est Abby ?

Alexandra me dévisage, comme si c'était moi qui venais de dire quelque chose de bizarre :

– Ta meilleure amie ! La fille qui est à côté de toi pendant les réunions du conseil !

– Oh ! Elle s'appelle Gaby !

De toute évidence, le fait d'être un vampire n'a pas tellement transformé Alexandra… Je la rassure quand même :

– Oui, je le promets : à Gaby non plus.

– Merci, Emma-Rose, murmure Alexandra d'un ton qui semble sincère. Je ne peux pas me confier à mes amis, alors je suis contente de savoir que je pourrai te parler, si j'en ai besoin.

Et, à ma grand surprise, elle me serre le bras. Sa main est glaciale, comme celle de ma grand-tante.

– Pas de problème. Je ne sais pas si je pourrai t'être utile.

Elle me serre le bras plus fort :

– Je suis désolée d'avoir été méchante avec toi, Emma-Rose. J'ai toujours pensé que tu ne m'aimais pas.

« Tu avais raison », me dis-je. Je garde bien sûr cette pensée pour moi et me contente de répliquer :

– Ne t'en fais pas avec ça.

Nous ne serons jamais de vraies amies, toutefois le secret que nous partageons nous liera, d'une certaine façon, pour toujours.

– Alexandra ! Tu es arrivée !

Ève et Marina s'approchent en sautillant et en gloussant. J'en profite pour m'éclipser.

Le gymnase est plein à craquer. La soirée « Halloween à Hollywood » est un véritable succès. La danse bat son plein. Tim ne cesse d'entrer et sortir du brouillard émis par la machine. Zora, Janie et Matt sont rassemblés autour du chaudron. Des élèves mangent des bonbons, d'autres posent pour les paparazzis. Padma et Cathy bavardent avec des filles de l'équipe de football. Elles me font signe en souriant. Je les salue, moi aussi.

Puis j'aperçois Gaby et Hugo, près du buffet. Ils sont penchés sur le téléphone portable de Gaby. Elle doit être en train de m'envoyer un message. Je me faufile à travers la foule pour aller les retrouver :

– Je suis ici ! Je suis vivante !

Gaby lève les yeux, et son visage s'illumine. Elle me serre dans ses bras :

– Je commençais à paniquer !

Elle recule d'un pas pour m'observer, pour s'assurer que je suis indemne :

– Pourquoi n'as-tu pas appelé ni envoyé de message ?

– Comment ça s'est passé ? ajoute Hugo, l'air inquiet. Est-ce que tu as eu mal en te métamorphosant ? Est-ce que tu as dû aller chasser ?

J'éclate de rire :

– Les amis, je vous promets de tout vous raconter en détail plus tard. Pour le moment, le principal, c'est que je ne suis pas un vampire !

Hugo fronce les sourcils :

– Tu veux dire que tu es encore novice ?

– Non, je n'ai jamais été novice. Et je ne deviendrai jamais une vampire. C'était seulement le fruit de mon imagination.

Les yeux de Hugo s'écarquillent. Gaby me fixe, bouche bée. J'espère qu'elle ne va pas dire : « Je le savais ! »

– Et ta grand-tante Margot ? se contente-t-elle de demander. Est-ce que c'est un vampire ?

– Oui, dis-je en souriant. Mais c'est un secret.

Ils hochent tous deux solennellement la tête.

– Je n'arrive pas à croire que tu n'es pas un vampire ! souffle Gaby.

– Tu as déjà eu du mal à croire que j'en étais un…

– Eh oui ! Mais — que veux-tu ? — tu avais réussi à me convaincre !

Je m'apprête à la taquiner, lorsqu'un beau garçon, déguisé en pirate, s'approche de nous. Il est grand, a la peau noire et de grands yeux bruns.

– Gaby ? dit-il. Est-ce que c'est l'amie que tu attendais ?

– Oh ! fait Gaby, troublée. Oui ! Milo, voici ma meilleure amie, Emma-Rose. Emma, je te présente Milo.

« Le fameux Milo ! »

Je lui souris, et il sourit à son tour. Il porte un appareil dentaire — une chose que Gaby et lui auront bientôt en commun !

Il se tourne vers elle :

– Euh... maintenant que ton amie est arrivée, est-ce que tu veux danser ?

Gaby me jette un coup d'œil, et je l'encourage d'un mouvement de tête. Milo et elle partent sur la piste de danse. Je les observe, heureuse pour mon amie.

– Bon..., bredouille Hugo.

Je le regarde, soudain mal à l'aise. Il arbore un sourire timide. Un très beau sourire. Il a retiré son dentier en plastique. Je me dandine d'un pied sur l'autre :

– Bon... Maintenant que tu sais que je ne suis pas un vampire, est-ce que tu trouves que je suis ordinaire et ennuyeuse ?

– Toi ? pouffe-t-il. Tu ne seras jamais ennuyeuse, Emma-Rose !

Mon cœur bondit dans ma poitrine. Je pense à ce que Gaby m'a dit à propos de Hugo et de ses sentiments pour moi. Est-ce qu'elle a raison ? Et moi, est-ce que je suis amoureuse de lui ?

Il est peut-être temps que je l'admette.

– Bon, répète Hugo en me tendant la main. Comme tu n'es ni une chauve-souris, ni un vampire, aimerais-tu danser avec moi ?

J'acquiesce, le cœur gonflé de joie :

– D'accord !

Je suis encore plus nerveuse que lors du Rituel Nocturne ! Hugo semble stressé, lui aussi. Il prend ma main, et nous nous dirigeons vers la piste de danse. Le D.J. passe une chanson intitulée *Les monstres*. Hugo me fait tourner, et nous rions tous les deux.

En dansant, je jette un coup d'œil aux fenêtres, au-dessus des gradins. La silhouette noire d'une chauve-souris en vol se découpe sur la pleine lune d'octobre. C'est peut-être ma grand-tante Margot. Ou un autre vampire. Ou bien une chauve-souris ordinaire, qui vole tout bêtement dans le ciel de New York.

Ou peut-être, me dis-je avec un sourire, que c'est simplement le fruit de mon imagination.

Composé par Nord Compo Multimédia
7, rue de Fives, 59650 Villeneuve-d'Ascq